SARA PENNYPACKER

# Le Château des Papayes

*Traduit de l'anglais (États-Unis)*
*par Faustina Fiore*

GALLIMARD JEUNESSE

Titre original : *Here in the Real World*

Édition originale publiée aux États-Unis par Balzer + Bray,
une marque de HarperCollins Publishers, New York, 2020

*À ma fille, Hillary,*
*grâce à qui ce livre est resté ici, dans la vraie vie.*

# 1

Ware tapota les deux briques empilées à côté de lui sur le pourtour de la piscine. Il les avait trouvées pendant sa promenade matinale. Demain, il les mettrait en pièces pour construire les remparts de son château, mais ce soir, il avait d'autres projets pour elles.

Il remua les jambes dans l'eau, turquoise à la lumière du crépuscule. À précisément 19 h 56, il mit ses lunettes de plongée et les ajusta, tout en commentant :

– Le garçon commençait à se préparer pour le grand événement.

Il chuchotait, au cas où quelqu'un aurait une fenêtre ouverte, ou dans l'éventualité où les Rois Jumeaux traîneraient dans le coin.

Les Rois Jumeaux n'étaient pas des jumeaux, juste des petits vieux qui s'habillaient de manière semblable, avec des shorts à carreaux et des bobs. Ils n'étaient pas davantage rois, mais ils paradaient dans la résidence pour retraités Sunset Palms comme des monarques tyranniques, tourmentant tous ceux qu'ils rencontraient.

Ware avait étudié le Moyen Âge, à l'école. Les rois d'autrefois pouvaient aussi bien régner avec bonté et sagesse que cruauté ou folie. Tout était une question de chance. Qu'on naisse serf ou chevalier, il fallait s'adapter.

La première fois que les Rois Jumeaux avaient croisé la route de Ware, il était allongé sur le ventre et observait une file de fourmis qui escaladait patiemment une grosse pierre avant de redescendre de l'autre côté, en songeant à quel point cela compliquerait la vie des humains s'ils ignoraient que les obstacles pouvaient être contournés. Les Rois Jumeaux l'avaient surnommé Jean de la Lune, sous prétexte qu'ils avaient eu besoin de l'appeler trois fois avant qu'il ne lève la tête.

À présent, chaque fois qu'ils l'apercevaient, ils lui lançaient des quolibets qu'ils trouvaient si hilarants qu'ils finissaient pliés en deux, agrippés à leurs genoux. Leurs piques n'avaient rien de drôle, pourtant. Elles étaient juste méchantes.

Mais cela importait peu. Les gens se moquaient souvent de sa tendance à rêvasser. Ware était habitué. Non, ce qui l'avait humilié, c'était quand Grand Manitou était sortie et avait fait décamper les rois d'un seul regard féroce. Un garçon de onze ans et demi était censé protéger sa grand-mère, et pas l'inverse.

– Oh, ils sont inoffensifs ! avait ri Grand Manitou la veille au soir, ce qui avait augmenté sa honte. Ils sont terrorisés par les microbes, donc tu n'as qu'à prétendre que tu es malade. Ce qui marche le mieux, c'est la diarrhée.

Comme s'il les avait invoqués en pensant à eux, les Rois Jumeaux apparurent, les mains posées sur leur royale bedaine.

– Allô la Lune, ici la Terre ! cria le plus petit. Attention, ton scaphandre va se remplir d'eau !

Ware jeta un coup d'œil au logement de sa grand-mère derrière lui, puis leur fit face :

– Vous feriez mieux de ne pas trop vous approcher. Je suis malade.

Il plaqua les mains sur son ventre et poussa un gémissement convaincant. Les Rois Jumeaux filèrent sans demander leur reste.

Ware examina à nouveau l'horloge. 19 h 58. Il tapota sur l'eau du pied au rythme des secondes.

À 19 h 59, il prit les briques. Puis il remplit lentement ses poumons d'air à l'odeur de crème solaire – chaud, sucré, comme si quelqu'un faisait frire des noix de coco – et se laissa glisser dans le grand bain. Le poids des briques sembla aussitôt doubler et l'entraîna doucement vers le fond.

Il n'avait jamais touché le fond du bassin, à cause de quelques bourrelets qui faisaient office de bouée interne. «C'est normal d'être potelé quand on est enfant, assurait sa mère. Ça finira par se changer en muscle.» En s'examinant en maillot de bain jour après jour dans le miroir de sa grand-mère, Ware s'était rendu compte que sa mère avait omis un détail essentiel dans sa prédiction : comment le gras se transformerait en muscle. Sans doute cela impliquait-il de faire du sport. Peut-être demain.

Une fois au fond, Ware chercha des yeux les gros palmiers qui marquaient les quatre coins de la piscine. Leurs troncs épais ondulaient derrière les vaguelettes comme des gargouilles vivantes.

À 20 heures, les guirlandes lumineuses qui entouraient ces troncs étaient programmées pour s'allumer. Cette fois, Ware les verrait depuis le fond du grand bain. Bon, d'accord, le «grand événement» n'était peut-être pas un spectacle éblouissant, mais il avait découvert que tout semblait plus intéressant, vu à travers l'eau ; étrangement distordu, mais aussi plus net. Il savait retenir sa respiration pendant plus d'une minute, donc il aurait tout le temps d'apprécier la vue.

Cependant, cinq secondes plus tard… surprise. Le feuillage des palmiers se mit à clignoter en rouge.

Ware comprit tout de suite de quoi il s'agissait. Une ambulance. Au cours des quelques semaines qu'il avait passées à Sunset Palms, il avait été réveillé trois fois par ces gyrophares écarlates. Rien d'étonnant, dans une résidence pour seniors. Il connaissait la procédure habituelle. L'ambulance éteignait sa sirène à l'entrée du lotissement (inutile de provoquer d'autres crises cardiaques), se garait entre les bâtiments, puis une équipe en sortait et se précipitait dans le jardin, près de la piscine, du côté où les logements avaient des portes coulissantes. C'était ainsi plus facile d'entrer avec les brancards, plus facile de ressortir avec les malades.

Comme les fois précédentes, il envoya un message télépathique à la personne qu'on allongeait actuellement sur le brancard : « Ne craignez rien. » Les personnes apeurées lui rappelaient des œufs crus, tremblotant hors de leur coquille. Cela lui faisait mal rien que d'y penser.

Tout en regardant le clignotement des palmiers, il décida donc de penser à autre chose. Au bonheur, qui pouvait surgir de manière inattendue, par exemple quand on était expédié par ses parents chez sa grand-mère pour y passer l'été, qu'on était certain de détester cet endroit, mais que finalement on l'adorait, parce que pour la première fois de sa vie on bénéficiait de longues heures de solitude et de liberté chaque jour. Seul bémol, deux vieillards si peu dangereux qu'ils avaient peur des microbes.

Une aigrette, blanche et lisse comme si elle avait été sculptée dans du savon, plana à travers le ciel violacé. Dans un film, le vol d'un oiseau isolé indiquait que le personnage principal allait partir pour un grand voyage. Comme chaque fois qu'il voyait quelque chose de remarquable, Ware regretta de ne pas pouvoir le partager avec quelqu'un : «Vous avez vu ça ? Waouh !» Mais il ne connaissait presque personne ici, à part sa grand-mère, et elle ne se sentait pas très bien aujourd'hui. Elle était à peine sortie de…

Ware lâcha les briques, jaillit à la surface, ôta précipitamment ses lunettes de plongée et vit la scène. La porte vitrée coulissante de Grand Manitou, ouverte comme une bouche hurlante, et, à l'intérieur, deux secouristes penchés sur un brancard.

Une troisième ambulancière regardait la piscine. Sa blouse blanche clignotait en rose sous les gyrophares, comme si son cœur battait en néon. Mme Sauer, du logement n° 4, se tenait derrière elle, serrant son peignoir autour d'elle d'une main, le visage tiré. Elle leva un bras osseux et pointa son doigt telle une mitraillette droit sur Ware.

Celui-ci grimpa à l'échelle à toute allure, frappa contre son oreille gauche pour vider l'eau, en fit autant à droite, et au moment où il sortait de la piscine, il entendit :

– C'est son petit-fils. Toujours dans son monde.

À 20 heures exactement, les guirlandes s'allumèrent.

# 2

Au réveil, Ware fut désorienté de se retrouver dans son propre lit plutôt que sur le canapé rêche de sa grand-mère. Les événements de la nuit lui revinrent d'un seul coup. Le trajet morne et silencieux jusqu'à l'hôpital, derrière l'ambulance, dans la vieille Buick de Mme Sauer ; la salle d'attente climatisée où il avait attendu en grelottant, angoissé et trempé dans son maillot de bain, jusqu'à ce qu'une infirmière dépose une couverture sur ses épaules ; l'irruption quelques heures plus tard de sa mère, les mâchoires serrées comme des tenailles. Il se dégagea de ses draps et se leva.

En descendant l'escalier, il entendit ses parents qui discutaient en bas, dans la cuisine :

– Sauf que ce n'est pas ce que tu voulais, disait son père.

– Je sais, je sais, répondait sa mère. Oh, si seulement…

Ware se hâta de dévaler les dernières marches.

– Si seulement quoi, maman ? Comment va Grand Manitou ?

Son père sauta du plan de travail où il était assis.

– Tout va bien ? Tu as eu une nuit difficile.

– Maman, comment va Grand Manitou ?

– Elle est réveillée, répondit-elle, les yeux rivés sur sa tasse de café. Elle va s'en remettre.

– Ah, tant mieux. Quand est-ce que j'y retourne, alors ?

– Retourner où ?

Juste à ce moment-là, le portable de sa mère sonna. Elle le prit et se serra le front de son autre main comme s'il risquait d'exploser, avant de s'enfermer dans sa chambre.

Son père la regarda partir d'un air soucieux. Cela dit, c'était son expression habituelle. « Ça fait partie de mon métier », se justifiait-il souvent, presque avec fierté. Faire des signaux aux avions sur les pistes d'atterrissage forçait à envisager toutes les catastrophes possibles.

Mais Ware commençait à s'inquiéter, lui aussi. Sa mère était la directrice du centre d'action sociale de la ville. Elle jonglait avec les emplois du temps de vingt bénévoles, convainquait les suicidaires de descendre des ponts, et gérait des accouchements en urgence. Elle savait « prendre le contrôle de la situation », comme si le contrôle était un paquet déposé sur le perron avec son nom sur une étiquette. Elle ne se serrait pas le front comme s'il risquait d'exploser.

– Papa ? Grand Manitou va bien. C'est ce qu'a dit maman. Quand est-ce qu'elle sort de l'hôpital ?

– Eh bien, elle va guérir, mais son taux de sucre a trop baissé, hier. Ce n'est pas une bonne chose, avec ses problèmes de santé. Il va falloir…

– Ses problèmes de santé ? Grand Manitou est malade ?

– Oh, euh… Elle n'est plus toute jeune. Mais le truc, c'est qu'elle est tombée, et…

– Être vieux, c'est une maladie ?

– Elle est tombée, le problème est là. Il va falloir s'assurer que tout va bien.

– Ah. D'accord. Et du coup, est-ce que ça change le programme ?

– Le programme ?

– Tu sais bien. Je passe l'été là-bas, pour que maman et toi puissiez travailler deux fois plus que d'habitude et acheter la maison. Ce qu'on avait prévu.

– Ah ! Eh bien, ça, c'était le plan A. (Son père prit sur la table un prospectus du centre de loisirs.) Le plan B pourrait être un peu différent.

# 3

Debout sur le seuil entre la cuisine et le jardin, le front pressé contre la porte vitrée, Ware préparait ses arguments.

Il était désormais capable de rester seul à la maison, donc non, il n'avait absolument pas besoin de retourner au centre de loisirs, si c'était ce que ses parents mijotaient. «Centre de loisirs» était un synonyme de «garderie», avec coups de soleil et humiliation en prime.

La première fois qu'on l'y avait envoyé, c'était l'été après le CP, et ce souvenir lui cuisait encore.

– Va rejoindre les autres, l'avait encouragé une jeune animatrice.

– Je suis déjà avec les autres, avait-il répondu, perplexe.

– Non, je veux dire, à l'intérieur du groupe. Tu restes à l'extérieur du groupe.

Ware avait étudié la situation pour essayer de comprendre ce que voyait l'animatrice. Lui voyait autre chose : un grand espace avec des enfants éparpillés un peu partout.

– Quand c'est des gens, l'extérieur fait partie de l'intérieur, avait-il tenté d'expliquer.

Mais la jeune fille s'était penchée vers une collègue en riant, et Ware avait senti ses joues s'enflammer.

C'était à ce moment-là qu'il avait compris que la position qu'il avait toujours jugée parfaite – suffisamment à l'écart pour pouvoir observer la situation ; dans la tour de guet du château, ainsi qu'il le définirait plus tard – ne convenait pas.

Par la suite, Ware s'était efforcé d'oublier cet épisode gênant. Il avait alors découvert l'ironie cruelle de la mémoire. On avait beau oublier sans cesse plein de choses (Ware lui-même, à six ans, oubliait régulièrement de se peigner les cheveux ou de rapporter sa boîte à pique-nique à la maison le soir), plus on essayait d'effacer volontairement quelque chose de son cerveau, plus il y restait gravé.

Les autres enfants s'en étaient souvenus, eux aussi. L'étiquette «à l'extérieur» lui avait collé à la peau, été après été, invisible mais indéniable, comme une mauvaise odeur. Et effectivement, on le laissait à la marge.

Cela ne le dérangeait pas, même si, à partir de ce jour-là, il s'était débrouillé pour faire semblant d'appartenir au groupe quand des adultes le regardaient. Ce n'était pas difficile, car pour les grandes personnes, «rejoindre les autres» n'était qu'une question de géographie. Quelques pas dans la bonne direction faisaient l'affaire.

Quoi qu'il en soit, il n'avait pas l'intention d'y retourner. Même pas pour une ou deux semaines avant de pouvoir repartir à Sunset Palms.

Il avait été vraiment heureux, dans la résidence senior. La piscine était tout juste assez profonde pour que l'eau dépasse son crâne, et étroite au point qu'il pouvait presque toucher les deux murs en même temps. Mais à l'instant même où il s'y était glissé, il s'y était senti bien. Vraiment bien. Et elle agissait comme un engrais sur son imagination. Il avait eu des dizaines d'idées géniales en flottant dans cette piscine. Des centaines, même.

Mieux encore, quand il avait parlé à sa grand-mère du long devoir à la maison qu'il avait réalisé peu avant sur «Les techniques de défense des châteaux forts» et qu'il lui avait expliqué qu'il voulait construire une maquette pour mieux comprendre la vie des chevaliers, elle l'avait stupéfié en désignant la table à manger et en proposant : «Construis-la ici. Nous prendrons nos repas sur le plan de travail de la cuisine, voilà tout.»

À Sunset Palms, il avait passé des journées entières de pur bonheur à explorer le voisinage et à recueillir des objets pour sa maquette; des soirées entières de joie à la construire. Certes, sa maison lui manquait un peu. Mais quelque chose qui était contracté au fond de lui depuis toujours s'était en partie décoincé.

Il sortit de la maison pour chercher une activité susceptible de convaincre ses parents qu'il pouvait s'occuper tout seul pendant une semaine ou dix jours. Le jardin sembla lui adresser un geste d'excuse.

– Le garçon examina la terre en friche, commenta Ware (à voix basse, bien sûr).

Il exagérait un peu en parlant de «friche», mais pas tant que ça. M. Shepard n'était pas le genre de propriétaire qui dépensait de l'argent pour entretenir le jardin, et ses parents n'étaient pas le genre de parents qui consacraient du temps à jardiner, donc la parcelle était livrée à elle-même. À part une vieille remise bourrée de trucs abandonnés par les locataires précédents, dix années auparavant, il n'y avait là que deux fauteuils rouillés et une table de pique-nique branlante. Les meubles semblaient prendre désespérément une dernière inspiration avant d'être noyés par les mauvaises herbes.

– Friche, répéta Ware.

Et tout à coup, il se rendit compte que c'était parfait.

Il sauta de la marche. Une idée éblouissante venait de lui venir, même sans l'aide fertilisante de la piscine.

Quand ses parents feraient l'acquisition de la maison, à la fin de l'été, ils deviendraient également propriétaires du jardin. Les fauteuils pouvaient être démontés pour confectionner des armures. La remise ferait office de salle du trône. La table de pique-nique servirait de pont-levis, quand il aurait scié ses pieds. Il pouvait aussi transformer le passage étroit sur le côté de la maison en barbacane, la cour jonchée d'obstacles mortels pour les attaquants. Pas d'huile bouillante, bien entendu, mais une catapulte, sans l'ombre d'un doute. Il ferait des entailles dans la clôture en bois pour prendre appui et, avec de l'élan, il pourrait prendre place en haut des remparts. Cette dernière image lui plut tant qu'il se la repassa, cette fois avec une posture de chevalier héroïque, menton levé, poitrine gonflée, démarche résolue.

Ware se laissa tomber près de la table et s'allongea par terre. Parfois, il regrettait de ne pas vivre au Moyen Âge. Les choses étaient beaucoup plus simples, à l'époque, surtout pour les chevaliers. Leur comportement était réglé par un livre, le code de la chevalerie, qui traitait de toutes les situations. «Faites ceci, ne faites point cela.» Quand on était un chevalier, on savait toujours à quoi s'en tenir.

Trop souvent, Ware n'était pas sûr de se tenir à quoi que ce soit. Parfois, il avait même l'impression de partir à la dérive. De s'envoler.

Sa mère, comme les chevaliers, suivait un code de conduite très clair, et essayait sans cesse de le partager avec lui. Elle lui lançait, par exemple, des phrases comme : «Si tu ne réfléchis pas avec trois temps d'avance, tu as déjà quatre temps de retard.» Malheureusement, Ware n'avait pas la moindre idée de la manière d'appliquer un conseil aussi énigmatique que celui-là.

Son père appliquait un code, lui aussi, composé de dictons sportifs. Tout aussi indéchiffrables.

– Ware ! cria justement son père sur le seuil de la porte.

D'après son ton irrité, Ware devina qu'il l'avait déjà appelé un certain nombre de fois. Il se leva d'un bond.

– Désolé. Quoi ?

– Rentre. Réunion tactique de l'équipe.

# 4

La mère de Ware était assise à la table de la cuisine, la main toujours crispée autour de son portable.

– Qu'est-ce qui se passe ?

Son père s'assit et tapota sur la chaise entre eux. Ware demeura debout :

– Qu'y a-t-il ?

– En tombant, ta grand-mère s'est fracturé les hanches. Les deux !

Sa mère avait pris une voix joyeuse et déterminée, mais dans un registre inhabituel et étrange :

– Il va falloir les remplacer.

– Les remplacer ?

Des images d'objets remplaçables défilèrent dans

l'esprit de Ware. Des piles, des ampoules, des brosses à dents. Les hanches n'appartenaient pas à cette catégorie.

– Des prothèses. De la chirurgie. Rien dont un enfant doive se soucier.

Sa mère arborait un grand sourire, mais elle clignait beaucoup des yeux. Le garçon eut l'impression que le monde s'affaissait un peu sur lui-même, comme s'il s'était soudain souvenu que son noyau était creux. Sa mère allait-elle pleurer ?

Son père, visiblement aussi secoué que Ware par ces paupières tremblotantes, prit la relève :

– Poser une prothèse de hanche est une opération courante, et ta grand-mère est une dure à cuire.

Dure à cuire. Ware faillit rire. Grand Manitou passait son temps à poser des questions directes (« Elle ne mâche pas ses mots », l'excusait sa fille), et elle exigeait des réponses. Chaque fois qu'elle venait les voir, c'est-à-dire essentiellement pendant les vacances, sa visite ressemblait à une manœuvre militaire. Même la dinde de Thanksgiving semblait se mettre au garde-à-vous devant elle. En fait, Ware l'avait toujours vaguement redoutée.

Mais durant son séjour chez elle, il avait découvert la contrepartie de sa rudesse. Au lieu de la dresser contre lui, elle l'avait enveloppée autour de lui comme une armure, pour le protéger, par exemple contre les Rois Jumeaux.

– Je l'aiderai, annonça-t-il. Je ferai ses corvées quand j'y retournerai, la semaine prochaine.

Son père secoua la tête.

– Une fracture des deux cols du fémur nécessite une longue rééducation. Elle ne pourra pas rentrer chez elle avant un bon bout de temps. Probablement pas avant la fin de l'été. Ce qui signifie…

Sa mère se redressa :

– Ne t'inquiète pas, Ware, j'ai déjà réorganisé tes vacances.

Il la vit s'animer avec l'énergie et le plaisir que lui procuraient toujours les emplois du temps.

– Non, maman, s'il te plaît…, supplia-t-il.

De son côté, les emplois du temps lui donnaient toujours l'impression de s'enfoncer dans une fosse de goudron.

– Je te déposerai au centre de loisirs tous les matins en allant au travail. Tu prendras le bus de 15 h 45 pour rentrer. Tu emporteras un pique-nique, parce que je refuse de payer pour les cochonneries qu'on vous sert là-bas. Quant aux week-ends…

Il lui sembla que la lumière s'obscurcissait au-dessus

de sa tête. Apparemment, gâcher ses semaines ne suffisait pas à la municipalité. Le centre de loisirs, ou plutôt le centre de tortures, restait ouvert le week-end. Sa mère était en train d'expliquer comment se dérouleraient les dîners quand, du fond de sa fosse de goudron, il parvint à gargouiller :

– Non !

– Pardon ? Quoi, non ?

– Non au centre de loisirs. Je veux rester à la maison. Vashon est encore là jusqu'en août, et Mikayla va…

– Ware. C'est comme ça et pas autrement. Alors, je disais : le soir, nous reviendrons dîner à la maison la plupart du temps avant de retourner travailler, mais…

– Je suis assez grand pour…

– Tu iras au centre de loisirs, un point c'est tout. N'oublie pas de mettre de la crème solaire chaque matin avant de partir. Indice 50, hypoallergénique, j'en achèterai un flacon, pense à en étaler aussi sur les oreilles. Hydrate-toi souvent. Vers la mi-juillet…

Ware se tourna vers son père. C'était sa mère qui fixait les règles, mais parfois…

Son père était bouche bée d'admiration. Au bout de quinze années de mariage, il était encore ébloui par l'efficacité avec laquelle sa femme passait à l'action.

– Papa, s'il te plaît. J'ai onze ans et demi. Personne n'y va encore à cet âge-là !

Son père s'arracha à sa contemplation et se tourna vers Ware.

– On te trouvera un lot de consolation. Un nouveau vélo, ça te plairait ? Un panier de basket ? Tout ce que tu voudras. Tu emporteras ma trousse de premiers secours au...

– Ce que je veux, c'est ne pas aller au centre de loisirs. Je peux avoir ça ?

Ware essaya de ne pas montrer à quel point il était surpris lui-même de ce qu'il venait de dire. Il avait le sentiment d'être à l'étroit dans sa peau, comme si elle n'allait plus à cette nouvelle personnalité intrépide qu'il avait acquise au cours de ses trois semaines d'absence.

Sa mère eut l'air assez étonnée, elle aussi. Elle ouvrit la bouche, mais aucun son n'en sortit. Découvrir que son corps pouvait la trahir sembla l'ébahir encore plus.

Ware la regarda se diriger vers l'évier, essorer une éponge, et entreprendre de nettoyer férocement le plan de travail.

Puis elle s'interrompit. Elle appuya le front contre le frigidaire. À en juger par les mouvements de son dos, cette directrice du centre d'action sociale qui savait se faire obéir par les nouveau-nés et les suicidaires avait du mal à forcer l'air à entrer et sortir de ses poumons. Ware en eut lui-même mal à la poitrine en la regardant. Il se leva et alla passer les bras autour de sa taille. Elle tourna la tête et le contempla pendant un long moment.

Sa chevelure, toujours rassemblée en un chignon serré, s'était détachée. Une mèche pendouillait au-dessus du grille-pain. L'appareil n'était pas allumé, et ses cheveux n'étaient pas en métal, bien sûr, mais Ware avait hérité de la nature inquiète de son père. Cette éponge mouillée...

Il tendit la main et débrancha le câble d'alimentation.

Sa mère lui adressa un regard perplexe, comme si elle essayait de le reconnaître. Puis elle sourit, la mémoire lui étant sans doute revenue.

– Écoute..., dit-elle d'une voix si douce et pleine de compassion que, pendant une seconde, l'espoir envahit Ware.

Mais elle soupira :

– Je suis désolée. Mais avec ta grand-mère dont il va falloir s'occuper, et nos horaires de travail doublés, nous ne pouvons pas en plus nous faire du souci pour toi, tout seul du matin au soir.

– On s'inquiéterait pour ta sécurité, ajouta son père.

– Nous avons besoin de te savoir occupé à... (Elle prit le

prospectus du centre de loisirs et le consulta.) «nouer des Relations Sociales Enrichissantes avec d'autres enfants».

Elle aimanta le prospectus sur le frigidaire avec un claquement sec et définitif.

– Va te préparer.

# 5

Ware n'avait pas prononcé un seul mot pendant tout le trajet jusqu'à la maison de quartier.

Au cours des années, il avait déjà répété ses arguments trop souvent. Il avait plein de Relations Sociales Enrichissantes à l'école. Des tas et des tas. Il avait des amis, Vashon et Mikayla. Et d'ailleurs, pourquoi sa mère semblait-elle toujours penser que deux ne suffisaient pas ?

Mais parfois, il avait envie d'être seul. Il en avait besoin. Si cela faisait de lui un enfant décevant… eh bien, ses parents ne pouvaient-ils pas accepter ce mauvais coup du sort une bonne fois pour toutes ?

À présent, debout devant le bureau des inscriptions, Ware regrettait de ne pas s'être un peu battu. Ou même beaucoup. En fait, il regrettait de ne pas avoir ouvert la portière de la voiture pour sauter. À un moment où le véhicule roulait lentement, bien sûr, et sur de l'herbe. Il avait vu une fille faire ça, dans un film. Elle s'était cassé le bras, mais elle avait indéniablement réussi à attirer l'attention de sa mère.

Mme Sanchez, la directrice du centre de loisirs, qui avait perpétuellement l'air aussi fatiguée que Ware l'était à présent, commença à réciter le règlement :

– Le centre ne sera pas tenu pour responsable de tout objet perdu ou endommagé ; le personnel n'est pas habilité à donner des médicaments…

Ware cessa d'écouter (cela faisait cinq étés de suite qu'il entendait ces règles) et examina la pièce.

Rien n'avait changé. Sur les murs en béton, recouverts de peinture écaillée couleur pansement, étaient placardés les mêmes posters angoissants : «Sauvez une vie, apprenez la manœuvre de Heimlich» ou «Identifiez les serpents venimeux en Floride», mais aussi, curieusement, «Comment faire un café parfait».

Au sol étaient tracées les lignes d'un ancien terrain de basket, et il restait un panier accroché à l'une des parois, même si les ballons avaient été remplacés depuis longtemps par des balles en mousse, lorsqu'un garçon musclé avait réussi à démolir la vitre de l'une des hautes fenêtres sous le plafond. On pouvait encore retrouver des morceaux de verre sur le plancher en dessous.

Au fond, il y avait le Cabanon Artistique, doublement mal nommé, vu que ce n'était pas une cabane et qu'on n'y faisait jamais rien qui ressemble de près ou de loin à de l'art – du moins, pas si on considérait l'art comme un processus créatif, et non comme une suite de «Tracez le contour de votre main, ajoutez un triangle rouge».

Même le bruit était tel que dans son souvenir, avec les glapissements aigus des enfants qui établissaient les alliances ou les batailles du jour.

Plus décourageant encore, la puanteur était restée exactement la même ; une odeur de pieds, de désinfectant, et celle, ténue mais persistante, de vomi de générations d'enfants qui, rouge tomate après avoir galopé à l'extérieur sous le soleil brûlant de Floride, régurgitaient leur repas en rentrant. C'était arrivé à Ware ; il sentit son petit déjeuner s'agiter inconfortablement dans son estomac à ce souvenir.

Il ne vit que trois autres enfants d'âge proche du sien, qui feraient partie du groupe des onze ans cette année : deux garçons et une fille. Tous trois étaient de ceux qui considéraient l'espace caverneux de la maison de quartier comme un défi acoustique irrésistible. L'un des garçons croisa son regard et poussa un cri de salutation. L'autre lâcha un rot sonore comme un coup de tonnerre.

Ware leva à moitié la main et fit un signe du menton mais, intérieurement, il sentit se recroqueviller ce quelque chose qui vivait au creux de sa poitrine, et qui devait être son âme.

Le centre étant ouvert depuis deux semaines, des groupes s'étaient déjà formés. Il n'y avait que deux enfants isolés.

Le premier était un garçon de grande taille qu'il n'avait encore jamais vu, avec un cou qui dépassait de son T-shirt rayé comme un périscope. Après avoir tourné la tête à 360 degrés pour étudier la pièce, le garçon fit mine de s'intéresser à un vivarium de fourmis sur le rebord d'une fenêtre. Ware savait qu'il faisait semblant, parce que les fourmis étaient toutes mortes quelques années auparavant, sans doute d'ennui.

L'autre était une fille de sept ans qu'il avait baptisée mentalement «l'Affligée». Quand elle était venue pour la première fois, deux ans plus tôt, l'Affligée avait passé la journée entière à pleurer, plantée devant la porte. Ses larmes silencieuses avaient mis Ware à la torture. Dans une tentative désespérée pour les arrêter, il avait fauché une petite licorne en plastique très convoitée à des grandes et la lui avait apportée, mais elle n'avait fait que la presser contre sa cuisse et avait gardé ses yeux dégoulinants fixés sur la porte, les cils lourds et collés entre eux.

Aujourd'hui, l'Affligée observait avec morosité une boule de pâte à modeler posée sur sa paume. La pâte avait une nuance beige rosâtre identique à celle des murs et, même de loin, Ware voyait qu'elle avait durci. La fille leva les yeux sur lui comme si elle avait senti son regard et pencha la main pour que la pâte à modeler tombe par terre. Ware hocha la tête, compatissant.

Sa mère arracha un chèque de son chéquier et le tendit :

– Voilà le règlement pour tout l'été, week-ends compris.

Mme Sanchez écrivit ÉTÉ COMPLET après le nom de Ware dans le registre, à la manière dont un juge aurait pu écrire SENTENCE : PEINE DE MORT.

– Vous pouvez choisir les jours et les heures où vous venez, mais signez bien à l'entrée pour qu'on sache combien il y a d'enfants chaque jour.

– Oh, il viendra tous les…, commença sa mère, mais la directrice avait bondi pour sortir un enfant d'une poubelle.

– Maman, combien est-ce que ça coûte ?

– Un enfant n'a pas à s'inquiéter de ces choses-là, voyons.

– Je ne m'inquiète pas. Je te paierai le double si tu me laisses rester à la maison.

C'était sa nouvelle personnalité intrépide qui parlait, vu qu'il n'y avait que quarante-six dollars dans sa boîte à chaussures ; mais il était désespéré.

– Il faut que je file au travail, mais on se revoit au dîner, répondit sa mère en fouillant dans son sac. (Elle en sortit une carte de bus.) Tiens, c'est valable tout le mois de juillet. L'arrêt est juste devant.

Elle lui donna ensuite la trousse de premiers secours et un paquet de lingettes désinfectantes, puis ajouta :

– Si tu touches quoi que ce soit…

– Maman !

Elle tira la fermeture éclair du sac.

– Tâche de t'amuser, d'accord ? Peut-être que tu vas te faire des amis !

Ware renonça à argumenter. Il crispa ses joues en un rictus qui, avec un peu de chance, ressemblait à un sourire, et hocha la tête. Puis il se dirigea vers les casiers et rangea la trousse de premiers secours et les lingettes tout au fond de l'un d'eux. Il suspendit ensuite son sac à dos à une patère, déjà épuisé.

– Les onze ans ! appela Mme Sanchez près d'une petite porte. Sortez avec Kyle pour l'Exercice. Les dix ans aussi.

L'Exercice. Il avait presque oublié. Cela consistait à faire le tour du bâtiment une bonne dizaine de fois, d'abord à allure modérée, puis en marchant au pas, puis en sautillant, et enfin en courant de plus en plus vite, jusqu'à ce qu'on sente le sang battre dans ses tempes et la sueur couler dans son dos ; après quoi on enchaînait avec cinq circuits de mouvements libres – qui n'avaient rien de libre, puisqu'il fallait continuer à tourner. Une demi-heure de sport obligatoire. À l'occasion, il y avait eu des enfants avec des béquilles, et une fois un garçon en fauteuil roulant, mais même eux avaient uniquement eu le droit d'aller moins vite. Ware soupira et se dirigea vers la porte.

– Il vous faudrait une vraie cour de récréation, se plaignit-il en passant devant la directrice.

Il n'en revenait pas d'avoir dit ces mots à voix haute, mais elle semblait trop fatiguée pour se vexer. Elle lui donna raison avec un haussement d'épaules :

– Il nous faudrait plein de choses. Va raconter ça à mon budget.

# 6

À l'extérieur, Ware se plaça suffisamment à l'écart des autres pour pouvoir étudier la situation, mais suffisamment proche pour qu'un adulte estime qu'il était en train de nouer des Relations Sociales Enrichissantes.

Le garçon au long cou sortit d'un pas lourd avec les dix ans. Il balaya les environs du regard et, quand ses yeux croisèrent ceux de Ware, il se fraya un chemin vers lui.

– Je m'appelle Ben. Je ne t'avais encore jamais vu. Tu es nouveau, ici, toi aussi ?

Son empressement rappela à Ware ses premières semaines en ce lieu. Ce souvenir le fit grimacer.

– Non, répondit-il. Je suis vieux.

– Les dix ans derrière les onze ans, à la file indienne ! cria Kyle, l'animateur.

Le garçon au long cou recula. Tout en le regardant s'éloigner, Ware se rendit compte qu'il avait décrit précisément ce qu'il éprouvait. Ici, au centre de loisirs, il se sentait vieux. Jusqu'à ce moment-là, il n'avait jamais réalisé que la vieillesse était un ressenti ; pour lui, ça ne désignait qu'une apparence ridée et fanée. Mais c'était bel et bien un ressenti, une sensation d'usure.

Il se traîna avec les onze ans vers l'énorme chêne au coin de la propriété qui marquait le départ des circuits.

– Premier tour, on marche !

Dehors non plus, rien n'avait changé.

Sur le côté, au-delà de la clôture, on voyait le clocher rose de l'église de la Nouvelle Alliance. Les mardis, le parfum de lasagnes qui émanait de leur cuisine améliorait nettement l'odeur de la maison de quartier. Les vendredis après-midi, les répétitions de la chorale faisaient vibrer l'air. Ware aimait imaginer que les « Alléluia » tonitruants formaient la bande-son de l'un de ces films où le personnage principal finissait victorieux envers et contre tous – un film dont il était le héros en ayant survécu une semaine de plus.

Les onze ans tournèrent à l'angle et débouchèrent dans le parking à l'arrière. Là, l'enseigne lumineuse du bar Grotto brillait au-dessus de la clôture, promettant de la «bière bien fraîche» à côté d'un flamant rose au bec éternellement plongé dans une chope dorée. Ware avait déjà goûté de la bière, et il n'arrivait pas à comprendre pourquoi un être humain (sans même parler d'un flamant rose) voudrait en boire, mais il appréciait néanmoins la présence du bar. Les jours de pluie, des rayons colorés striaient les fenêtres du Cabanon Artistique grâce à cette enseigne au néon. «Vous avez vu ça ? Waouh !» Il s'arrêta et plissa les yeux face à la lumière pour essayer de recréer le glissement pluvieux des couleurs électriques, jusqu'à ce que les dix ans le dépassent et qu'il doive courir pour rattraper l'arrière de la file.

Le troisième côté du circuit longeait la bibliothèque municipale. Il aurait aimé passer la journée sous ses plafonds sombres et frais, à parcourir un livre après l'autre, dans le silence. Il y avait tout un rayonnage consacré au Moyen Âge, là-dedans.

Et puis la rangée d'enfants, dont la douzaine de têtes ployaient déjà sous la chaleur, passa devant la porte de la maison de quartier et se dirigea à nouveau vers le vieux chêne.

– Deuxième tour, en cadence ! cria Kyle, comme un gardien de prison à ses détenus.

Disciplinés, les enfants devant Ware levèrent les genoux et accélérèrent en rythme.

Ware, lui, s'arrêta.

Vu qu'il était le dernier de la file, personne ne le remarquerait s'il se glissait derrière cet arbre et sautait quelques minutes d'exercice.

L'ancien Ware obéissant lutta contre le nouveau Ware intrépide pendant une poignée de secondes. Puis il fonça vers le chêne. Caché entre l'énorme tronc et la clôture, il regarda les derniers dix ans disparaître au coin du bâtiment.

Électrisé, grisé, il attrapa la branche épaisse au-dessus de sa tête et se hissa dessus. Le ventre contre le bois, il étendit bras et jambes. Il devint arbre. Il imagina que de la sève coulait dans ses veines ; des feuilles tendres se déroulaient au bout de ses doigts et de ses orteils.

Il ne se sentait plus du tout vieux.

Trop vite, cependant, il entendit le tapotement des pas qui revenaient de l'autre côté du bâtiment. Il s'enfonça plus en avant dans la verdure, désormais bien au-delà de la clôture, et ferma les yeux pour faire l'autruche jusqu'à ce que le danger soit passé.

Puis il regarda devant lui. Et faillit dégringoler de l'arbre.

L'église avait été prise d'assaut.

# 7

Le toit avait été arraché, les murs à moitié démolis. Au sommet, ils ressemblaient à des créneaux. Ware avait appris ce terme en faisant des recherches pour son devoir sur les châteaux médiévaux ; cela désignait un parapet avec des encoches, comme une mâchoire à laquelle il manquerait des dents.

Il se laissa tomber de la branche et traversa à la course les mauvaises herbes jusqu'au porche.

L'une des épaisses portes en bois avait été réduite en miettes ; l'autre était à moitié effondrée, comme un pont-levis arrêté à mi-chemin. Au-dessus de sa tête, un poteau en fer dépassait du mur. Entouré de débris de verre, il avait dû autrefois porter une lampe, mais à présent il projetait une ombre longue vers le seuil, comme pour inviter le garçon à entrer.

Avant d'obéir, Ware grimpa les marches et scruta le trait d'ombre. Les bâtisseurs de châteaux forts incorporaient des cadrans solaires sur les murs exposés au sud comme celui-ci, qui servaient d'horloges publiques pour les villageois.

Il fit un rapide calcul. Sa mère était partie à 8 h 45, donc il devait être à peu près 9 heures. Il n'avait rien pour dessiner, mais il s'était écorché le genou en sautant de l'arbre. Il recueillit soigneusement une goutte de sang sur son doigt et traça un *I* et un *X* juste au bout de l'ombre.

Puis il escalada les ruines vers le clocher. Dans la lumière qui provenait du sommet, là où se trouvait autrefois la flèche, un escalier en acier brillait comme une promesse. Cependant, avant de pouvoir grimper, il entendit le tintement d'un morceau de métal heurtant quelque chose de rugueux. Il se baissa et examina les environs.

À travers la porte, il vit une fille maigre accroupie dans le jardin à l'arrière de l'église, à côté d'un toboggan démoli. Des mèches de cheveux jaunes s'échappaient de son vieux chapeau de paille. Elle leva une bêche et l'enfonça dans le sol.

Au cours de ses recherches, Ware avait appris l'importance d'observer les intrus d'en haut avant qu'ils ne puissent vous voir. « Des batailles entières furent remportées ou perdues depuis le beffroi », avait-il écrit, et Mme Sprague avait collé l'autocollant d'une ampoule souriante à côté de la phrase. Il se renfonça donc dans l'intérieur de la tour et attrapa la rambarde pour monter. Mais quand il la toucha, deux ou trois montants se détachèrent et tombèrent bruyamment sur les marches.

Il se figea.

– Hé !

Ware passa la tête au-dehors. La fille avait avancé jusqu'aux places de parking et posé les mains sur les hanches. Ses lunettes miroir brillaient au-dessus de ses joues sales.

– Qu'est-ce que tu fais là ?

Il enjamba les décombres jusqu'à la porte. Il mit ses mains sur ses hanches, lui aussi.

– Rien.

– C'est chez moi, ici. Tu n'as qu'à aller ne rien faire ailleurs.

– Alors... (Ware aimait le mot « alors », qu'il employait à tout bout de champ et qui lui permettait de gagner un peu de temps dans des situations comme celle-ci.) Cet endroit ne t'appartient pas. C'est une église.

– Non, non. C'en était une, avant, mais maintenant...

c'est mon jardin ! acheva-t-elle en tendant le bras vers l'endroit d'où elle venait.

Ware vit alors ce qu'il n'avait pas remarqué auparavant : des dizaines de grosses et larges boîtes métalliques, aux étiquettes déchirées, alignées dans ce qui restait de l'aire de jeux.

– Un jardin en conserve ?

La fille fit un signe de tête vers les boîtes. Ware descendit les marches et sortit sur le parking. Il se tint bien droit quand il passa devant elle, et fut soulagé de constater qu'il mesurait quelques centimètres de plus. Ce qui était ridicule ; ils n'allaient pas se bagarrer.

Il se pencha pour examiner les boîtes de conserve. Elles étaient toutes étiquetées ChipNutz. Une plante haute comme le genou sortait de chacune d'entre elles. Les arbustes avaient l'air à la fois frêles et hardis. Ware avait envie de les caresser du bout des doigts, mais il s'abstint. Il se leva. Derrière cette première rangée se trouvaient deux autres rangées des mêmes végétaux, plantés dans le sol, cette fois ; ceux-ci lui arrivaient à la poitrine.

– Mon jardin, répéta la fille derrière lui. Tu vois ? Cet endroit m'appartient, maintenant.

Cette revendication déraisonnable fit réagir Ware. Cela lui donna envie de s'approprier quelque chose, lui aussi.

Il fit demi-tour, arriva devant le bâtiment, grimpa sur les marches et tendit le bras vers les ruines :

– D'accord. Moi, je prends ça.

La fille le suivit.

– Une église démolie ? Quel est l'intérêt ?

– Si ce vieux square en miettes est ton jardin, alors cette église en ruine est mon château.

Sa nouvelle intrépidité l'effrayait, mais il l'appréciait aussi.

– Septième tour ! fit la voix de Kyle au-delà de la clôture.

Ware tressaillit. Il n'avait plus beaucoup de temps.

– Un château ? Ben voyons, ricana la fille. Un château pour les gens qui ont commis trop de péchés !

– Tu dis n'importe quoi, lança-t-il par-dessus son épaule.

Et il escalada à nouveau les décombres pour repartir.

# 8

– Non, non, je ne dis pas n'importe quoi !

Incroyable. Elle l'avait suivi. Elle le rattrapa, le menton fermement levé, et lui saisit la main.

Ce contact surprit tant Ware qu'il la laissa l'entraîner au milieu des ruines.

Il y avait là une énorme caisse décorée de fausses pierres, presque aussi grande que lui et deux fois plus longue. Ware avait envie de s'agripper à ces fausses pierres pour regarder à l'intérieur, mais la fille le tenait toujours.

Il n'avait pas particulièrement envie qu'elle le fasse, bien entendu, mais quelque chose l'empêchait de reprendre son bras. Finalement, il se contenta de se dresser sur la pointe des pieds pour regarder ce que contenait la caisse. Elle était remplie de débris, mais il vit que les parois internes étaient tapissées d'un revêtement turquoise luisant.

La fille lui lâcha la main et tapota sur le bord du récipient.

– Ce truc, là, ce sont des « fonts baptismaux », une baignoire pour les pécheurs. Les gens font la queue pour supplier le prêtre à genoux de laver leurs péchés, parce qu'ils souffrent d'avoir été mauvais. Alors le prêtre les plonge là-dedans, avec leurs vêtements et tout, et quand il les en ressort, hop là, ils renaissent, tout beaux tout neufs, comme quand on lave une pièce dans du coca.

La main de Ware était encore chaude à l'endroit où elle l'avait touchée. Peut-être même rayonnait-elle.

– Une baignoire magique ?

– Sauf qu'elle n'a rien de magique. Parce que moins d'une semaine plus tard, ils vont de nouveau passer leurs journées au bar Grotto, boivent l'argent du loyer, frappent leurs enfants… bref, exactement les mêmes horreurs qu'avant de faire trempette.

Ware jeta un coup d'œil à sa main. Elle ne rayonnait pas, mais il avait des fourmis sous la peau, comme si elle rayonnait à l'intérieur. Il la mit dans sa poche pour préserver cette sensation.

– Comment tu sais tout ça, d'abord ?

– Ma tante venait ici tous les dimanches, jusqu'à ce qu'ils jettent l'éponge.

– Qui ça ?

– Les gens qui s'occupaient de l'église. Plus d'argent. Ils ont arrêté de payer en janvier, et la banque les a virés.

– Mais pourquoi est-ce que l'église a été détruite ?

– D'après Walter, pour que personne ne puisse venir y squatter, ou se droguer, ce genre de trucs.

– C'est qui, Walter ?

La fille fit un signe de l'épaule en direction du bar Grotto.

– Le barman.

– Tu fréquentes un barman ? ne put s'empêcher de s'exclamer Ware.

La fille se cacha le visage dans les mains en gémissant. Mortifié, Ware changea de sujet :

– Bref. Alors, il doit y avoir plein de choses intéressantes, dans tout ce bazar.

– Non. Les gens de l'église sont venus avant les démolisseurs. Ils ont pris tout ce qui avait de la valeur.

– Comment tu le sais ?

– Je les ai regardés. Ils ont commencé par prendre la croix. Ils l'ont mise sur un pick-up. C'est le genre de trucs qu'on remarque facilement.

– Dixième tour !

Ware leva brusquement la tête. Il avait raté trois tours supplémentaires. La fille suivit son regard et hocha la tête.

– Tu dois partir, dit-elle, satisfaite.

– Je file.

Quand il passa devant elle, il lui arriva quelque chose d'étrange. Dans ses lunettes miroir, Ware vit son propre reflet. Le garçon qui le regardait était le plus pathétique du monde. « Tu fréquentes un barman ? » Pitoyable.

# 9

La voiture de sa mère et la camionnette de son père étaient garées dans l'allée.

Très bien. Il allait pouvoir leur parler à tous les deux en même temps et ne plus y revenir. « Menton levé, poitrine gonflée, démarche résolue. » Il s'exerça à voix haute sur le perron :

– J'ai essayé. C'était affreux. Je refuse d'y retourner.

Un lézard sauta près de lui sur la dernière section de ciment chauffé par le soleil et fit des sortes de pompes saccadées comme pour applaudir sa proclamation. Ware n'aimait pas particulièrement les lézards, avec leurs pattes en ventouse, mais il devait reconnaître leurs qualités, au minimum thermodynamiques. Ils adoraient le soleil, mais n'en avaient pas besoin. Ils pouvaient survivre aussi bien avec le sang chaud qu'avec le sang froid.

– Pour de bon, répéta-t-il au lézard. Je refuse d'y retourner.

Il ouvrit la porte. Dans le couloir, un murmure étouffé provenait de la chambre parentale. Ses parents discutaient toujours derrière une porte close. Cela ne l'avait pas dérangé quand il était petit mais, à présent, il aurait vraiment préféré que ses parents lui disent en face ce qui se passait.

Il traversa le couloir et leva le bras pour frapper. En voyant son poing, il repensa au moment où la fille du jardin lui avait pris la main.

Non, ce n'était pas exact. Elle l'avait tiré par la main, mais ce n'était pas un geste d'affection. Et elle avait l'air assez agacée, en plus. S'il avait eu une laisse autour du cou, elle aurait sans doute choisi de le traîner par là.

Il concentra à nouveau son attention sur la porte. Et c'est alors qu'il entendit :

– … notre seul enfant. Et il faut qu'il soit complètement asocial ! Il m'a proposé de me payer pour ne pas avoir à y aller !

Ware baissa le bras et se pencha en avant.

– … en ce moment, avec ma mère malade. Oh, on ne pourrait pas avoir un enfant normal ?

Il se recula d'un bond. Son visage s'enflamma, mais le quelque chose dans sa poitrine qui devait être son âme se recroquevilla, glacé, comme le cœur d'un lézard privé de soleil. Il repartit dans le couloir. Arrivé dans la cuisine, il s'assit et se mit à l'ordinateur pour jouer. Comme le ferait un enfant normal.

Finalement, ses parents sortirent de leur chambre.

– Qu'est-ce que tu t'es fait au genou ? demanda tout de suite son père, sourcils froncés.

– Rien, ça va.

Ware se leva et se racla la gorge.

– Tu tousses ? s'inquiéta son père.

– Non. Alors, pour le centre de loisirs...

Sa mère ouvrit un tiroir et commença à fouiller à l'intérieur. Elle prit une pastille pour la gorge au miel et au citron et commença à la déballer. Ware la repoussa en protestant :

– Maman, j'ai onze ans et demi ! Alors, le centre de loisirs, reprit-il en s'éclaircissant à nouveau la voix, j'ai essayé, et c'était...

Sa mère se mordit la lèvre inférieure. Voir son angoisse lui fit si mal qu'il dut détourner le regard.

– C'était...

Il entendit sa mère déglutir.

Ce fut ce bruit qui l'acheva.

Un poids terrible. Une affreuse responsabilité.

– C'était… pas trop mal, acheva-t-il d'une voix à peine tremblante.

Il leva la tête. Le visage de sa mère se détendit :

– Ah, tu vois ?

– Il fallait juste que tu lui donnes une chance ! renchérit son père en souriant.

Et le quelque chose dans sa poitrine se relâcha un petit peu.

# 10

Le lendemain, Ware salua sa mère quand elle le déposa devant la maison de quartier et fit quelques pas vers la porte comme un enfant normal. Quand la voiture se fut éloignée, cependant, il s'arrêta. Mme Sanchez avait dit qu'il pouvait venir quand il voulait, et il n'avait pas envie d'entrer tout de suite.

Il s'approcha nonchalamment du chêne, attendit qu'il n'y ait personne en vue, puis déposa son sac à dos sur une fourche et se hissa sur la branche. Juste pour voir.

La fille était assise en tailleur à l'ombre de trois palmiers, entourée par les boîtes de ChipNutz. On aurait dit qu'elle était en train de raconter quelque chose aux jeunes pousses. Les palmiers ressemblaient à de vieilles dames menues coiffées de chapeaux verts, penchées en avant pour écouter le récit, elles aussi, comme s'il s'agissait d'une belle histoire.

Ware jeta un coup d'œil à l'église. Dans la cuve baptismale, un éclat de turquoise sembla lui dire bonjour.

La veille au soir, dans son lit, il s'était efforcé d'oublier les paroles de sa mère et avait beaucoup songé à cette baignoire de la seconde chance. Il n'aurait rien eu contre un nouveau départ, lui non plus.

Il se laissa tomber par terre, se dirigea vers la fille et se planta devant elle :

– Comment ça marche ? Cette renaissance ?

– Je te l'ai déjà dit. *Plouf*.

Elle enfonça sa pelle d'un geste brusque à côté des baskets de Ware. Un avertissement. Il fit un pas en arrière.

– Oui, mais… Ces gens-là, ils n'essayaient pas de redevenir des bébés, pas vrai ? Alors qu'est-ce que c'est censé faire ?

Elle souffla sur ses mèches pour les ôter de ses yeux.

– Ils renaissent à l'intérieur, pas à l'extérieur.

Pour la deuxième fois en autant de jours, Ware repensa à l'animatrice moqueuse. « Je veux dire à l'intérieur du groupe. Tu restes à l'extérieur. » Il repoussa ce souvenir. L'extérieur faisait partie de l'intérieur.

– D'accord. Et ça change toute la personnalité, ou seulement ce qui ne va pas ?

– Seulement ce qui ne va pas.

– Et ensuite, ces gens étaient plus aimés qu'avant, c'est ça ?

– Bien sûr, répondit-elle, mais sans conviction.

– C'est la baignoire qui est magique, ou c'est l'eau ?

– L'eau. Sauf qu'en vrai elle ne l'est pas, tu te rappelles ? Je t'ai expliqué que ça ne marchait pas. Ceux qui faisaient ça redevenaient vite exactement comme avant.

– Tout le monde ? Personne n'est jamais resté « tout beau tout neuf » ?

La fille posa sa pelle en équilibre sur son genou osseux. Elle demeura parfaitement immobile, à l'exception de ses orteils qui s'étirèrent dans ses tongs roses, comme s'ils cherchaient la réponse à la question.

– Je ne sais pas, admit-elle. En fait, je ne connais qu'une seule personne pour qui l'effet ne durait pas longtemps.

– Donc ça pourrait marcher. Ça doit fonctionner avec certaines personnes, sinon ça n'existerait pas.

– Peut-être.

Elle ramassa sa pelle. Il insista :

– Attends. L'eau bénite. Elle est magique dès le départ, ou elle le devient au contact de la baignoire ?

– Elle sortait d'un robinet normal. J'imagine que le prêtre faisait quelque chose avec.

– Quoi ? Qu'est-ce qu'il faisait ?

La fille soupira si fort que cela souleva sa frange.

– On s'en fiche ! C'est terminé, de toute façon ! Tout a disparu. Regarde autour de toi ! Il n'y a rien de sacré, ici. Rien de magique.

Ware s'exécuta, et regarda. Tout était brisé, partout.

Puis ses yeux se posèrent sur le jardin, avec les plantes dans leurs boîtes en aluminium rouillé. Frêles et hardies à la fois. Et leurs congénères en rang derrière, bien solides.

Elle comprit ce qu'il pensait.

– Non, non. Elles, elles valent mieux que la magie. On peut vraiment compter dessus.

Elle souleva ses lunettes de soleil pour le dévisager :

– Et d'abord, pourquoi est-ce que ça t'intéresse autant ? Je croyais que c'était un château, pour toi. Au cas où tu l'ignorerais, il n'y a pas de fonts baptismaux dans les châteaux.

– Alors… oui, bien sûr. Je sais.

Ware battit en retraite. Il avait soudain envie de dissimuler son désir de renaissance, de le préserver, comme s'il était frêle et hardi à la fois. Il plaisanta :

– Mais, euh, il y a des douves, ha ha !

– Peut-être, mais à ma connaissance, les douves sont à l'extérieur du château, pas à l'intérieur.

Pour la troisième fois, Ware repensa à l'animatrice moqueuse. Il laissa la fille qui grommelait près de ses plantes, escalada les décombres et se dirigea vers la cuve magique.

# 11

Ware grimpa les marches qu'il avait trouvées à l'arrière des fonts baptismaux et s'assit sur le rebord. Il imagina la baignoire pleine d'eau, se vit plonger dedans et devenir un fils moins décevant, dont les bulletins scolaires clameraient : «Ware est extrêmement sociable ! Et surtout très normal !»

Quel effet une telle métamorphose ferait-elle ? Serait-ce douloureux, au moment où son ancienne personnalité serait chassée ? Et si jamais elle résistait ou refusait d'être délogée ?

En entendant un coup sur le côté de la cuve, il ouvrit les yeux.

C'était encore la fille. Incroyable. Elle ôta ses lunettes

de soleil et le toisa. Ware repensa à ses recherches. Les murailles des châteaux forts comportaient d'étroites ouvertures, appelées «meurtrières», à travers lesquelles les gardes pouvaient tirer des flèches sur les ennemis sans être pris pour cible eux-mêmes. Les iris bleus de la fille lui semblèrent fonctionner à peu près de la même manière.

Elle plissa ses yeux-meurtrières, mais un demi-sourire rusé s'était dessiné sur ses lèvres.

– Comment tu ferais pour remplir ce truc ?

Il désigna le robinet.

– Non, non. La municipalité a coupé l'eau. Alors comment tu ferais pour en apporter jusqu'ici ?

Ware regarda la maison de quartier et frissonna. Peut-être que la bibliothèque le laisserait en prendre.

– Oh, avec des seaux, hasarda-t-il avec une fausse insouciance, en jetant une vieille moustiquaire hors de la cuve.

– Non. Ce qu'il te faut, c'est un tuyau d'arrosage. Tu en as un ?

– Si j'ai…

– Moi, j'en ai un, annonça-t-elle en agitant ses lunettes dans la direction du bar Grotto. Qui mesure quinze mètres.

– Tu habites dans un bar ?

– Au-dessus. Quinze mètres, ça ne suffit pas. On arrive à la palissade, pas plus loin. Tu as un tuyau, oui ou non ?

– Je ne sais pas. Peut-être.

– Peut-être ? Eh bien, si tu m'apportes un tuyau assez long pour atteindre mon jardin et cette baignoire, peut-être que je ne te virerai pas d'ici.

Elle replaça fermement ses lunettes sur son nez.

– Peut-être que tu ne me vireras pas ? répéta-t-il.

Avec précaution, il se mit debout sur le rebord de la cuve. La hauteur était un avantage, dans les guerres au Moyen Âge.

– Non mais dis donc, tu te prends pour qui ? demanda le nouveau Ware intrépide.

Elle serra les lèvres et tapota dessus avec son index sale en faisant mine d'hésiter longuement à divulguer cette information essentielle. Puis elle haussa les épaules.

– Pour Jolène. C'est mon nom.

Le rebord des fonts baptismaux était plus étroit qu'il ne l'aurait cru. Il descendit deux marches.

– D'accord.

– Quoi, d'accord ?

– D'accord, j'essaierai d'apporter un tuyau d'arrosage demain.

– À peu près, mais il faudrait que je sois là à ce moment-là pour en être sûr.

Elle pencha la tête vers l'inscription.

– C'est du sang ?

Il acquiesça, embarrassé.

– Hum, fit-elle, sourcils froncés.

Elle semblait hésiter à prendre un parti – pour de vrai, cette fois. Il en profita pour s'enfuir. Il avait presque atteint la clôture quand elle lui courut après.

– Le parking, c'est la frontière. Entre mon territoire et le tien. Interdiction de le franchir. Et tu ne parles de cet endroit à personne, surtout.

– Quoi ?

– J'ai décidé. Tu peux avoir l'église.

# 12

Le lendemain matin, après le départ de sa mère, Ware grimpa dans le chêne et se cacha dans un nuage de feuilles, car le premier objectif d'une mission de reconnaissance médiévale était de rassembler des informations au sujet de l'ennemi. Or, bien qu'elle l'ait pris par la main et ait accepté qu'il occupe l'église, cette fille était une ennemie. Elle l'avait établi clairement elle-même. Ce qu'elle ignorait, c'était que Ware était expert en défense de châteaux forts. Il avait eu dix sur dix à son devoir.

L'ennemie était en train de creuser à l'ombre des trois palmiers. Aujourd'hui, ceux-ci ressemblaient à des gardes penchés sur Jolène pour la protéger.

Ware remarqua le soin avec lequel elle posait son pied

sur la bêche avant de sauter dessus, sans doute pour ne pas abîmer ses tongs. Les mauvaises chaussures de l'ennemie constituaient une faiblesse évidente.

Sa pelle dépassait d'une poche arrière. Ses talents de jardinière, eux, représentaient un atout pour elle, mais Ware savait que les atouts pouvaient être utiles comme tactiques de diversion.

Il lâcha son sac à dos alourdi par un tuyau trouvé dans la remise et sauta de la branche. Jolène se retourna en entendant le bruit.

– La frontière ! cria-t-elle en désignant le parking.

Ware hissa le tuyau comme un drapeau blanc. Quand Jolène lui donna l'autorisation de passer d'un signe de tête, il vint le déposer devant elle et demanda :

– Qu'est-ce que tu fais ?

Elle agita sa main libre dans l'air, comme pour chercher une réponse adaptée à sa question stupide. Il se reprit :

– Enfin, je vois bien que tu creuses, mais pourquoi ?

Jolène donna un coup de pied dans un tas près d'elle.

– Tout ça, c'est quasiment des miettes de cailloux. Il faut que je fasse une tranchée et que je la remplisse de bonne terre avant de pouvoir transplanter les jeunes pousses.

Ware fit un pas en avant.

– Je veux dire : pourquoi tu fais tout ce travail ? Qu'est-ce que ces plantes ont de spécial ?

Jolène sauta à nouveau sur sa bêche, en faisant moins attention, cette fois. Ses cheveux retombèrent comme un rideau devant son visage, mais pas avant que Ware n'ait vu son expression. Elle avait l'air effrayée.

Il porta involontairement sa main à la poitrine, comme toujours dans ce genre de situation. La vue de quelqu'un en proie à la peur lui coupait littéralement le souffle, comme s'il avait reçu une volée de cent flèches dans la poitrine. *Tchac tchac tchac.*

Mikayla n'en revenait pas que Ware soit autant affecté par la douleur d'autrui.

– En fait, c'est ton superpouvoir, avait-elle dit un jour. Tu ressens ce que les autres ressentent.

– C'est ça. Je suis Super-Empathie ! avait plaisanté Ware.

Mais, en réalité, il ne trouvait pas ça drôle. Les superpouvoirs n'étaient pas censés faire aussi mal.

Il aurait voulu dire à Jolène de ne pas avoir peur, mais à aucun moment, au cours de ses recherches pour son devoir, il n'avait lu que rassurer l'ennemi était une bonne stratégie de défense. Il recula donc et escalada le mur écroulé pour accomplir le deuxième objectif du jour : un état des lieux. Pour cela, il fallait s'élever, alors il se dirigea vers le clocher. Les tours étaient l'idéal pour se faire une idée générale d'un endroit.

Tout en grimpant les marches, il remarqua que l'escalier en colimaçon tournait du mauvais côté, du moins pour un vrai château médiéval. Les escaliers des forteresses montaient toujours dans le sens inverse des aiguilles d'une montre, pour que les défenseurs qui descendaient aient le bras droit libre quand ils luttaient contre les attaquants, l'épée de ces derniers étant coincée par le mur.

Cependant, Ware était gaucher. Il prit cette spirale dans le sens des aiguilles d'une montre comme un bon augure, un signe que cet endroit lui était réellement destiné.

Ce qui était absurde, évidemment.

Une fois au sommet de la tour (qui n'était guère haute, tout au plus six mètres), il obtint ce qu'il voulait : une vision d'ensemble de l'endroit.

La parcelle, presque aussi grande qu'un terrain de football, était à l'abri de la vue des passants, comme les châteaux forts protégés par leurs courtines. À l'est et à l'ouest, des palissades de près de deux mètres de haut marquaient les limites latérales, tandis qu'au nord, à l'arrière, s'élevait une haie d'arbustes persistants encore plus haute. Du côté de la rue, il était écrit tout du long « stationnement réservé à l'église de la Nouvelle Alliance », et la banque avait fait ériger devant la pelouse un grand grillage recouvert d'un filet orange placardé d'avertissements. Un grillage de protection identique fermait l'allée qui conduisait au petit parking, à l'arrière. Le badaud le plus curieux, même en collant son œil à la barrière, n'aurait pas vu grand-chose de ce qui se passait autour de l'église.

Ware se tourna vers Jolène. Elle tendait sa pelle vers chaque plante de la rangée l'une après l'autre, comme une bonne fée en train de distribuer des dons avec sa baguette. Il finit par comprendre qu'elle n'était pas en train de bénir ses plantes, mais de les compter, comme s'il y avait eu un risque qu'il leur pousse des jambes et qu'elles décampent pendant la nuit.

Quand elle ramassa le tuyau et entreprit de les arroser, il eut une révélation. S'il voulait essayer la baignoire magique (ce qui était le cas, même s'il allait devoir le lui cacher, bien sûr), ce tuyau lui conférait un avantage. Elle serait obligée de lui dire tout ce qu'elle savait au sujet de l'eau bénite.

Il se hâta de redescendre l'escalier et sauta les décombres à l'arrière. Menton levé, poitrine gonflée, il avança résolument sur le territoire de l'ennemie.

# 13

Ware utilisa l'atout de Jolène pour faire diversion avant d'enchaîner sur le sujet de l'eau bénite :

– Cette bonne terre dont tu as besoin, tu vas la trouver où ?

Jolène sembla apprécier la question. Elle tourna l'embout du tuyau pour arrêter l'eau et désigna trois tas hauts de quelques dizaines de centimètres qu'il n'avait pas encore remarqués. Des couches de nourriture plus ou moins décomposée y étaient empilées : épluchures de banane, pelures d'orange ou de pastèque, débris verts qui devaient avoir été autrefois des légumes.

– Des ordures ? s'étonna-t-il.

– Des déchets organiques, qui sont en train de se transformer en compost.

Il haussa les sourcils en espérant avoir l'air suffisamment émerveillé.

– Du compost ? Génial. Au fait, que faisait le prêtre pour que l'eau devienne magique ?

Elle fit un signe du menton vers la clôture derrière les tas.

– Je vais à l'épicerie grecque juste à côté, et je prends les fruits et légumes trop abîmés pour être vendus. Je mets un peu de terre dessus, et les vers font le reste. Tu sais, les premiers à avoir fait du compost sont les Chinois, en 2000 avant Jésus-Christ, et…

Ware cessa d'écouter, mais quand le soleil dépassa les frondaisons des palmiers et se réfléchit sur les lunettes de Jolène, il revint au présent avec un sursaut.

Chez sa grand-mère, il se levait à l'aube afin d'avoir la piscine pour lui tout seul. À cette heure matinale, l'eau miroitait, aveuglante, comme ces lunettes. Malgré ses tentatives de scruter les profondeurs, il ne voyait que son propre visage se refléter sur la surface. Et quelquefois, la dernière chose qu'on avait envie de voir, c'était soi-même.

– Oh…, fit-il, légèrement perturbé. Alors, le prêtre. Il jette un sort à l'eau ?

– Écoute, je ne me suis glissée qu'une seule fois ici. Je l'ai entendu prononcer quelques mots qui avaient l'air importants.

Jolène redressa son chapeau et examina pensivement le garçon :

– On dirait que tu es en train de rouiller…

Ware se frotta les cheveux. Il savait qu'ils étaient inhabituels – les boucles serrées de sa mère, la couleur cuivrée de son père. Décolorés par le soleil estival, ils avaient viré au bronze, et trois semaines de chlore à Sunset Palms n'avaient pas amélioré les choses.

– Je sais. Mais qu'est-ce que…

Jolène agita sa pelle avec indifférence.

– Je ne disais pas ça pour te vexer. Mes taches de rousseur sont presque vertes, au soleil. Alors, s'il y a trois tas, c'est parce que chacun en est à un stade différent de…

Un coup de sifflet attira leur attention. Les enfants du centre de loisirs étaient sortis. Ils se mirent à scander :

– Vive les vacances au centre de loisirs, on a bien de la chance, c'est que pour le plaisir, rions, jouons, c'est la récréation, dansons, chantons, à la récrénation !

Plusieurs fois par jour, les enfants devaient former un cercle, bras dessus, bras dessous, pour ce qu'on appelait le «rassemblement». Ware n'aimait pas beaucoup les cris, et n'avait jamais compris la rengaine. Le premier soir, des années plus tôt, il avait demandé à sa mère ce que signifiait «loisirs».

– Temps libre. Tu sais, les trucs qu'on fait pour s'amuser. Les moments où on ne travaille pas.

Aucune de ces définitions ne s'appliquait à la journée qu'il venait de passer.

– Et «récrénation»? Ça veut dire quoi?

– Ce n'est pas un vrai mot. Tu as dû mal entendre.

Le lendemain, il avait écouté attentivement, et lorsque le mot avait été prononcé à nouveau, il avait dégagé son coude pour lever la main :

– C'est «récréation»? Ou «récré et nation»?

L'animatrice l'avait dévisagé, étonnée.

– C'est récrénation, avait-elle insisté (ce qui ne l'avait pas vraiment aidé à comprendre le sens du mot). Pour le jeu de mots.

À partir de ce jour-là, il avait scandé ce mantra en même temps que les autres, mais en ressentant à chaque fois un vague embarras.

– Hé, réveille-toi! fit Jolène en tendant le doigt vers la maison de quartier. Il faut que tu y ailles. Salut.

Ware s'entendit répondre comme si c'était quelqu'un d'autre qui parlait :

– Pas encore. D'abord, j'ai quelque chose d'important à faire.

# 14

Ware poussa la grosse porte en bois sur le côté jusqu'à ce qu'elle tombe à terre. Puisqu'il avait un château, il lui fallait un pont-levis pour l'accueillir dignement.

Ensuite, un voyage après l'autre, il dégagea les déchets que contenait la cuve et les jeta dans la benne à ordures à l'arrière du terrain. Au fond du bassin, il se heurta à un problème : une grosse cloche en métal. La boule de démolition devait l'avoir fait tomber de la tour.

Il avait besoin de corde pour hisser cette cloche. On devait pouvoir en trouver une quelque part.

Il commença par fouiller dans ce qui avait été la cuisine. Une longue table en bois était restée debout et supportait stoïquement son chargement de gravats, mais presque tout le reste avait été écrasé. Il ouvrit les quelques placards encore accessibles. Des accessoires variés ; des poêles calcinées et des assiettes ébréchées ; une bouteille de jus de raisin couverte de moisissure. Jolène avait raison ; tout ce qui avait de la valeur avait été emporté.

Près de la cuisine s'ouvrait un réfectoire. Il contenait sans doute autrefois quantité de tables et de chaises mais, à présent, seul le toit effondré remplissait la pièce. À l'autre bout, cependant, trois armoires étaient encore indemnes.

Ware escalada les ruines et dégagea suffisamment d'espace pour pouvoir ouvrir les portes. La première armoire était un placard à balais. On y trouvait des produits ménagers, des seaux, des serpillières, des balayettes.

Les étagères de la deuxième étaient vides, à l'exception de quelques toiles cirées à carreaux rouge et blanc et d'une caisse remplie de restes de cierges avec un briquet. Sans intérêt.

Le dernier meuble était plein de fournitures d'art : des boîtes de colle à papier, des cartons remplis de feutres et de crayons, des bocaux de peintures à doigt et de paillettes, une pile de cahiers de coloriage représentant l'arche de Noé. Quand il en feuilleta un, un souvenir lui revint.

Lors de son premier été au centre de loisirs, après une

sortie au zoo, les enfants avaient été emmenés dans le Cabanon Artistique avec pour consigne de dessiner l'un des animaux qu'ils avaient vus.

– Qu'est-ce que c'est ? avait demandé l'animatrice en prenant le dessin de Ware, où de grands traits orange et noirs tourbillonnaient énergiquement vers un fouillis de vert.

– Le tigre, avait répondu Ware, si fier qu'il avait élevé la voix pour que les autres enfants l'entendent (voilà qui compenserait cette histoire d'intérieur et d'extérieur !). Il est en train de s'enfuir. Tu te rappelles, il avait l'air triste.

– Bon, ce n'est pas grave, avait lâché l'animatrice. Tout le monde ne peut pas être un artiste.

Et elle était partie pour punaiser au mur les dessins de lions, d'éléphants et d'ours faits par les autres enfants. Ware avait chiffonné son dessin et l'avait jeté à la poubelle.

Il chassa ce souvenir. Il s'apprêtait à s'éloigner quand il aperçut un paquet neuf de pâte à modeler au fond. Il déchira la cellophane et souleva les couvercles. L'odeur chimique de vanille lui donna envie d'enfoncer ses doigts dans la substance lisse, mais il repensa à l'Affligée et referma les couvercles. La pâte à modeler n'était parfaite qu'une seule fois.

La pièce à l'angle du bâtiment avait sans doute été un bureau. Des étagères en bois s'étaient effondrées près des murs démolis, vides, à part un sachet de chiffres et de lettres en plastique et une boîte en carton.

La boîte, humide, vaincue, sentait le renfermé. Ware l'ouvrit et en sortit une photographie sépia encadrée représentant l'église, avec son toit encore à l'état de squelette de poutres, entourée d'hommes brandissant marteaux et scies. La date 1951 était notée à l'arrière à l'encre fanée.

Il examina rapidement les autres photos. Des mariages et des enterrements ; des jeunes hommes en uniforme ; des femmes souriantes portant des gâteaux dans leurs mains gantées ; des enfants emmitouflés dans des robes de chambre faisant mine d'adorer des poupées dans des crèches.

Les images rappelèrent à Ware les tapisseries que les dames du Moyen Âge tissaient pour leurs châteaux. Ces tentures préservaient des courants d'air, mais leur véritable objectif allait au-delà. Grâce aux panneaux accrochés à l'extérieur, les visiteurs apprenaient l'histoire du lieu, naissances et morts, batailles et alliances, actes d'héroïsme ou rencontres mythiques.

Ces photos n'étaient pas très différentes des tapisseries, en fait. Pas du tout, même.

Il en prit une autre. Sur celle-ci, on était en train d'installer un vitrail sur le mur ouest.

Il emporta le cliché et dégagea les gravats au sol jusqu'à ce qu'il trouve ce qu'il cherchait : un millier de tessons de verre coloré qui reluisaient au milieu des débris. Il en ramassa plusieurs et les posa dans sa main. Rubis, saphir, émeraude, ambre ; tous brillaient comme des pierres précieuses délaissées.

Après avoir calé la photographie contre le mur pour en raconter l'histoire («Autrefois se trouvait ici une fenêtre multicolore»), Ware revint sur ses pas. Ayant refermé la boîte, il l'enfonça sous l'étagère pour que la pluie ne l'abîme pas. Un classeur qui se trouvait à côté tomba par terre.

Ware le ramassa. La question sur la couverture – AVEZ-VOUS UN PROJET DE VIE ? – l'électrisa comme si quelqu'un venait de presser un interrupteur.

C'était quoi, un projet de vie ? Quel pouvait être le sien ? C'était exactement le genre de questions que quelqu'un désireux de prendre un nouveau départ était censé se poser.

Il souleva la couverture, terriblement excité.

Le classeur était vide.

Ware s'avachit contre les étagères.

«Avez-vous un projet de vie ?»

Sacrée question.

# 15

Ware trouva ses parents vautrés sur le canapé du salon comme si un canon les avait propulsés à cet endroit et qu'ils aient été trop épuisés pour s'en étonner. La télévision diffusait les préparatifs d'une partie de base-ball, sans le son, car son père estimait que les commentaires gâchaient tout. Un carton de pizza était posé sur la table basse.

Sa mère secoua la tête comme pour s'éclaircir les idées.

– Salut, toi. Tu as passé une bonne journée ?

Un sentiment de culpabilité recouvrit Ware comme un liquide poisseux. Il avait vraiment eu l'intention d'aller au centre de loisirs, pourtant. Il était même arrivé jusqu'à la porte et avait tendu la main vers la poignée. Mais dedans, les enfants scandaient à nouveau le mantra. Son âme s'était racornie, et son bras était retombé le long de son flanc. Quoi que signifie «récrénation», ce n'était pas pour lui. Il avait déposé la pâte à modeler sur le seuil et s'était enfui.

Jolène n'était plus sur le terrain, alors Ware avait grimpé au clocher et mangé son pique-nique en examinant son royaume.

De là-haut, il avait vu que ce royaume ressemblait à une porcherie.

Du coup, il était redescendu, était allé chercher un balai-brosse et avait entrepris de déblayer le sol autour des fonts baptismaux. Quand une cloque douloureuse sur sa paume l'avait empêché de continuer son ménage, il avait récupéré une vieille moustiquaire, avait pris la colle et avait déposé le tout sur la table de la cuisine. Puis il avait ramassé tous les tessons brisés du vitrail suffisamment grands pour être utilisés, et avait entrepris de les coller sur la moustiquaire, en une explosion de pierres précieuses revenant à la vie.

Il avait passé une journée merveilleuse.

Il réfléchit à la réponse qu'il devait donner à sa mère. Ses parents travaillaient deux fois plus que d'habitude depuis près d'un mois. Peut-être seraient-ils trop fatigués pour s'énerver s'il avouait n'être pas allé au centre.

– J'ai passé une très bonne journée..., commença-t-il lentement.

Avant qu'il puisse continuer, sa mère poussa un grand soupir de soulagement :

– Oh, Dieu merci. Nous sommes si contents que tu fasses des efforts !

Ware fit la grimace :

– Papa...

– Ça nous fait vraiment plaisir, mon grand, insista son père en montrant la télévision, où des joueurs étaient en train de courir sur un terrain de base-ball. Vois les choses comme ça : tu te sacrifies pour tes coéquipiers. Ce n'est pas génial pour le joueur, mais c'est ce qu'il faut pour gagner le match. Dans une équipe, il n'y a pas d'individus, tu sais !

– Ou alors, considère que c'est ta mission de l'été, ajouta sa mère. Pour nous aider à acheter cette maison.

– Ma mission, c'est d'aller au centre de loisirs ?

– Non, ta mission consiste à nous éviter de nous inquiéter pour toi. Et n'oublie pas qu'on t'achètera un cadeau à la fin. Tu sais déjà ce que tu veux ?

Ware secoua la tête. Son seul désir était que l'été s'achève.

– Au fait, qu'est-ce que tu as fait aujourd'hui, pour t'amuser autant ?

– Alors... (Il se tourna vers la télévision.) Euh, des trucs normaux, quoi.

Il insista un peu sur le mot « normaux », puis hasarda un coup d'œil pour voir comment il avait été reçu. Sa mère sourit et poussa le carton de pizza vers lui avec une pile de serviettes en papier. Ware s'assit sur le tapis et prit un morceau, même si la conversation lui avait coupé l'appétit.

Soudain, le téléphone de sa mère sonna.

– Ce doit être l'hôpital, annonça-t-elle.

Elle alla décrocher dans sa chambre, derrière la porte close, comme d'habitude.

Quand elle revint, elle tirait une valise derrière elle.

– L'opération aura lieu à 8 heures demain matin. Je vais y aller cette nuit, après le travail. Je resterai avec elle quelques jours, jusqu'à ce qu'on puisse la déplacer.

Ware reposa son morceau de pizza.

– Elle a peur ?

– Quoi ? Non, répondit sa mère, interloquée. Enfin, peut-être. Je ne sais pas.

– Dis-lui que je viendrai la voir. Je peux ?

– Oui, tu pourras. Elle ira dans un centre de convalescence près d'ici. Oh, j'oubliais, ajouta-t-elle en passant son sac à main à l'épaule : ton oncle Cy va venir. Il va rester quelques jours avec nous.

– Ah, tant mieux !

L'oncle de Ware n'était pas comme les autres adultes. Quand Cy posait une question, il écoutait réellement la réponse. Mais il travaillait pour des médias, tournait des documentaires dans le monde entier, et les rares fois où il passait par les États-Unis, c'était généralement à Los Angeles ou à New York.

Sa mère le dévisagea, une main sur la hanche.

– Je ne sais pas pourquoi, mais tu me rappelles Cy à ton âge.

Elle attrapa sa valise, l'embrassa sur le crâne et désigna la cuisine :

– Je t'ai laissé un emploi du temps.

Ware soupira. Naturellement.

# 16

L'emploi du temps faisait trois pages de long.

Ware soupira à nouveau. À côté de lui, son père en fit autant. Le soupir de son père était admiratif tandis que celui de Ware était désespéré, mais tous deux venaient du fond du cœur.

– Elle avait vraiment besoin de me préciser à quel moment je dois mettre de la crème solaire ?

Son père se pencha en avant pour mieux voir et confirma :

– Toutes les quatre heures. Regarde, elle a même étiqueté les flacons, un pour chaque semaine !

Ware n'était pas particulièrement surpris. Sa mère était un emploi du temps ambulant. Elle possédait une horloge interne infaillible et une mémoire capable d'archiver l'heure de chaque rendez-vous pour l'éternité.

Un jour, alors qu'ils faisaient des courses, elle était passée devant un gros réveil numérique qui affichait 14 h 55.

– Oh, s'était-elle exclamée, 14 h 55 ! Le premier lundi de chaque mois, je quittais le bureau à 14 h 55. Je passais te prendre à l'école à 15 h 07, et on arrivait chez l'orthodontiste à 15 h 25. Ensuite, on attendait exactement quatre minutes dans la voiture pendant que tu te lamentais de devoir porter un appareil, et on entrait dans le cabinet pile à l'heure. Tu te souviens ?

On l'avait débarrassé de son appareil dentaire six mois plus tôt. Il se rappelait l'odeur fruitée du désinfectant du cabinet, les poils qui dépassaient du nez de l'orthodontiste et la morsure douloureuse du métal chaque fois qu'ils allaient le resserrer. Mais non, il ne se rappelait pas l'heure du rendez-vous.

Son père interrompit ses pensées :

– Vois ça comme ça : c'est le quatrième quart, dernière tentative, on n'a plus qu'une minute à jouer et on est en train de perdre. Le quarterback – ta mère – réclame une formation en « red right 30 pull trap ». Si on veut un touchdown, il faut que les hommes de ligne, les linebackers et les arrières fassent exactement ce qu'ils sont censés faire pile au bon moment. Compris ?

Ware hocha vigoureusement la tête, comme s'il avait parfaitement compris. Il regarda fixement le document en faisant mine de méditer sur ce conseil.

Dans de tels moments, il se sentait toujours très seul, comme si le sport était une planète sur laquelle son père habitait, une planète où il ne pouvait pas voyager lui-même. Pire encore, Ware savait que son père, lui aussi, se sentait parfois seul dans ce genre de situation. Il lui arrivait de regarder son fils avec une mine désemparée, un peu comme quelqu'un sur le point d'entamer un gros steak qui se rendrait compte qu'il n'a que des cotons-tiges à côté de son assiette à la place de la fourchette et du couteau ; une expression qui signifiait « Qu'est-ce que je suis censé faire avec ça ? ».

Ware n'avait pas envie de le voir faire cette tête à présent, donc il acquiesça encore une fois.

À côté de lui, son père tendit le bras, examina sa montre, puis la détacha.

– Qu'est-ce que tu fais ? demanda Ware, abasourdi.

Contrairement à sa mère, son père n'avait pas d'horloge interne infaillible, et il redoutait toujours de rater un rendez-vous important – par exemple la retransmission d'un match à la télévision. Pour éviter une telle tragédie, il portait une montre sur laquelle on pouvait programmer plusieurs sonneries.

Il attacha le bracelet autour du poignet de Ware.

– Mais tu en as besoin, papa !

– Pas autant que toi.

Avec un nouveau soupir, il retourna vers le canapé.

Ware colla l'emploi du temps sur le frigidaire à côté du prospectus du centre de loisirs. Le seul rendez-vous qu'il voulait être certain de ne pas manquer était le bus de 15 h 45 qui le ramenait à la maison. Il régla le réveil de la montre sur trois heures et demie, en choisissant une mélodie de chant d'oiseau.

Les oiseaux symbolisaient la liberté. Celle qu'il n'aurait jamais.

# 17

Ware sourit en voyant son tuyau enroulé à côté de Jolène comme un chien fidèle. Aujourd'hui, il allait sortir la cloche hors de la cuve avec la corde qu'il avait trouvée dans la remise, puis il la remplirait d'eau, et renaîtrait. Tout beau tout neuf. Comme une pièce lavée dans un verre de coca.

Il sauta de la branche et courut vers Jolène.

– Non, non, protesta-t-elle. La frontière.

– On n'a pas besoin de frontières.

Il y avait réfléchi toute la nuit. Les défenseurs des châteaux devaient travailler ensemble. Voilà pourquoi ils organisaient joutes et foires, pour s'entraîner à collaborer, renforcer la loyauté.

– Le terrain est à nous deux, ensemble. On est dans la même équipe.

Jolène se redressa sur ses talons, méfiante.

– Vois ça comme du football américain, hasarda-t-il. Un quatrième quart. Une formation en pull trap. Pour le touchdown.

Elle le dévisagea. Il soupira.

– Laisse tomber. C'est mon tour, aujourd'hui.

– Ton tour ?

– D'utiliser le tuyau. Tu te rappelles ?

Jolène lâcha sa pelle et se dirigea vers la palissade à côté du bar Grotto.

À chaque pas, sa tong de gauche montrait un éclat de scotch argenté. Elle se pencha sur le couplage entre les deux tuyaux et trafiqua quelque chose. Comme si elle était en train de les séparer.

Elle était en train de les séparer.

Elle revint vers lui.

– Voilà, tu peux le prendre.

– Mais… ça ne fonctionnera pas, maintenant. Il n'y a pas d'eau !

Jolène jeta un coup d'œil vers la clôture.

– En effet. Pas d'eau.

– Et notre marché ? Tu te rappelles ? J'apporte un

tuyau, on les raccorde l'un à l'autre, et on peut les utiliser tous les deux.

Jolène tapota un doigt sale sur ses lèvres et fronça les sourcils.

– Non, non, ce n'étaient pas les termes du contrat. On avait décidé que si tu m'apportais ton tuyau, je ne te virerais pas. Ce que je n'ai pas fait.

– Ce n'est pas juste ! protesta Ware, qui détestait vraiment, vraiment l'injustice.

Jolène le considéra, bouche bée. Une expression de surprise heureuse illumina son visage.

– Quoi ? Tu veux dire qu'on est dans le monde des Bisounours, où l'injustice n'existe pas ?

Puis elle regarda autour d'elle, et ses épaules retombèrent.

– Ah non. Zut. On est toujours dans la vraie vie.

Elle ramassa sa pelle. Ware serra les mâchoires :

– Tu vas vraiment m'arnaquer, alors ?

Jolène plaqua une main sur sa poitrine avec une expression offensée :

– Bien sûr que non. On va passer un nouvel accord, c'est tout. Tu me creuses une tranchée aujourd'hui, et je te laisse utiliser mon tuyau.

Elle désigna une bêche posée contre la clôture et sourit

joyeusement. Ware leva le menton et gonfla la poitrine, comme s'il n'était pas le garçon le plus pathétique du monde, puis capitula :

– D'accord. Mais on ajoute une condition : plus de frontière.

# 18

– Les Grecs avaient pris les choses en main, dit Jolène, qui parlait avec le ton révérencieux que les gens réservaient habituellement aux super-héros. En 500 avant Jésus-Christ, ils ont passé une loi selon laquelle les déchets devaient être enterrés à l'extérieur de la ville.

Les paumes de Ware le brûlaient, et il avait mal aux épaules. La sueur coulait comme un ruisseau dans son dos. Il serra les dents pendant que le discours continuait :

– En Grande-Bretagne, tout le monde était en train de crever à droite et à gauche pendant la peste noire parce que les rues étaient remplies d'ordures et de rats. Du coup, ils ont inventé un nouveau métier, « ratisseur ». Des hommes ratissaient les rues pour les débarrasser des déchets.

Il fallait admettre que cette partie ne manquait pas d'intérêt. La peste noire n'avait pas tué autant de gens dans des châteaux que dans des villes, car les châteaux abritaient des chiens et des chats qui chassaient les rats des entrepôts de céréales. Néanmoins, il aurait voulu pouvoir voyager dans le temps et dire à ces chevaliers : «Tu ne jetteras point tes ordures n'importe où.»

– Les Romains utilisaient leur urine pour plein de trucs, poursuivit Jolène. Pour avoir des grenades plus juteuses, pour blanchir leurs dents, pour nettoyer leurs vêtements...

– Les défenseurs des châteaux jetaient des seaux d'urine aux envahisseurs qui essayaient de grimper au mur, intervint Ware. C'était une arme. Du pipi !

Jolène hocha la tête, approbatrice :

– Du recyclage. C'est génial. J'ai recueilli deux cent trente-six graines dans cette seule papaye pourrie qu'elle m'avait donnée !

Ware décida qu'il devait faire semblant d'écouter jusqu'à ce qu'il mette la main sur le tuyau d'arrosage, donc il l'encouragea :

– Qui ?

– Mme Stavros. La propriétaire de l'épicerie grecque. Je te l'ai déjà dit, elle me donne des vieux fruits et légumes pour mon compost. (Elle désigna les arbustes.) Je n'avais que quarante-sept boîtes, donc je n'ai pu planter que quarante-sept graines. Si j'en avais eu plus, j'aurais aujourd'hui deux cent trente-six papayers !

– Dommage, compatit Ware, secrètement soulagé qu'il n'y en ait que quarante-sept. (Il essuya la sueur qui coulait sur son visage.) On dirait que tu adores les papayes !

– Oui, oui, je les adore. Un papayer donne des fruits au bout de dix mois seulement. Les premiers devraient mûrir en octobre. Une cinquantaine par plante ! Cent arbres suffiraient pour cueillir cinq mille fruits. Et si chaque papaye avait deux cent trente-six pépins... Bref, en tout cas, il faut qu'on creuse beaucoup plus.

Jolène enfonça sa bêche dans le sol dur et rejeta une pelletée de terre par-dessus son épaule. Une motte frappa Ware à l'oreille et se désagrégea sur son cou moite. Il était en train de s'essuyer en se demandant si Jolène le laisserait se rincer avec son tuyau quand il entendit un bruissement.

Il s'écarta de Jolène qui creusait avec acharnement et tendit l'oreille.

Quelqu'un était entré sur le terrain.

# 19

Une fille plus âgée qu'eux, environ quatorze ans, émergea des buissons au coin de l'église en ruine et descendit avec détermination la rampe destinée aux handicapés. Son short était raide comme du bois, et si blanc qu'il faisait mal aux yeux.

Une fois en bas, elle posa le regard sur le petit parking et fronça les sourcils. Elle se mit à arpenter soigneusement le bord du bitume à petits pas, telle une gymnaste sur une poutre. Elle tendait les bras, les index dressés, comme pour interdire qu'on vienne la déséquilibrer. Une queue-de-cheval impeccable se balançait derrière elle à chaque pas ; cette queue-de-cheval noire et lisse plut à Ware : il lui trouvait une mine tout étonnée.

Sans quitter l'intruse des yeux, il toucha le dos de Jolène.

– Qu'est-ce...

– Chut !

Jolène se redressa. Pendant un instant, elle regarda la fille, bouche bée, comme si elle n'en croyait pas ses yeux. Puis elle cria :

– Hé !

La nouvelle venue leur adressa un regard impassible sans cesser d'avancer. Elle s'arrêta au coin, sortit son téléphone et prit une photo du parking. Puis elle fit un quart de tour et recommença à le longer de son pas de gymnaste.

Jolène passa à l'attaque. Laissant son chapeau de paille s'envoler, elle se mit à courir, en martelant le sol avec ses jambes comme des pistons, la pelle à la main :

– Hé ! C'est chez nous, ici !

Ware lâcha sa bêche. Il détestait les disputes, pendant lesquelles son âme se recroquevillait dans une niche minuscule. Néanmoins, il suivit Jolène. Celle-ci venait de dire qu'ils étaient ici chez *eux*. Tous les deux. Comme si de rien n'était. C'était une merveilleuse nouveauté.

En s'approchant, Ware se rendit compte que la fille était encore plus âgée qu'il ne l'avait cru tout d'abord, au moins quinze ans. Il passa les doigts dans ses cheveux collés par la transpiration et ajusta sa casquette.

– Pour commencer, dit l'intruse à Jolène, ce n'est pas chez vous ici. Cette parcelle est la numéro 788, propriété de la banque Sun Shores.

Jolène se pencha en avant.

– Tu travailles dans une banque ? Ils embauchent des enfants, dans cette banque ? Je veux leur parler !

La fille rit et secoua la tête.

– Moi aussi, j'aimerais bien leur parler. Ou alors à la personne qui achètera cette parcelle aux enchères. Mais en tout cas, ce n'est pas chez…

– Des enchères ? Quelles enchères ?

Jolène toisait son interlocutrice par-dessus ses lunettes de soleil, mais, l'espace d'un instant, Ware revit cette expression effrayée qu'il avait déjà remarquée. Celle qui lui transperçait le cœur. *Tchac tchac tchac.*

La fille fit un pas en arrière.

– Hum… La banque a saisi le terrain ? C'est ce qui arrive, dans ce genre de situation. Bref…

– C'est pour quand ?

L'autre leva les bras.

– Je ne sais pas ! Je ne bosse pas pour eux, je te l'ai déjà dit !

Elle ressortit son téléphone, prit une autre photo

par-dessus l'épaule de Jolène, et tapota sur quelques touches. Ensuite, elle se tourna vers Ware :

– Bon, j'ai terminé, donc vous pouvez recommencer votre, euh… bataille de boue ?

Ware s'essuya le visage avec l'ourlet de son T-shirt en regrettant de ne pas s'être rincé avec le tuyau d'arrosage. Il entendit Jolène marmonner :

– Ne remets pas les pieds ici.

– Pas de problème, fit la fille en haussant les épaules.

Jolène repartit vers ses plantes comme si elle avait remporté la victoire. Ware, lui, en doutait. Il rattrapa la fille à côté des ruines :

– Attends. Toi, tu ne reviendras pas, mais d'autres gens vont venir, non ?

– Hum… Plein de gens, même ? Les employés de la banque et les ouvriers qui seront envoyés installer des lumières de sécurité. Je vais le dire à la société Audubon. Tu sais, ceux qui s'occupent de la protection des oiseaux.

– Non ! Personne ne doit venir ici !

En l'entendant, Jolène revint en quatrième vitesse :

– Quelqu'un va venir ici ? bafouilla-t-elle. Qui ?

L'adolescente leva le visage vers le ciel comme pour réfléchir. Au bout d'un moment, elle prit une décision :

– Bon, d'accord. Je vais tout vous expliquer.

# 20

La nouvelle venue grimpa les marches à l'arrière de l'église, s'assit gracieusement en haut et les regarda comme un professeur qui attend que ses élèves se soient installés.

Jolène se planta en bas des marches, bras croisés. Ware, lui, se percha sur la rambarde. Il ne s'était pas encore remis de ses émotions. « Chez eux. »

– Quand il n'y a pas beaucoup de lumière, commença la fille, l'asphalte mouillé ressemble à de l'eau pour les oiseaux aquatiques. Les oies, les canards, les grues.

– Qui va venir ici ? insista Jolène. Ils n'ont pas le droit !

L'autre haussa un sourcil noir et recommença calmement :

– L'asphalte mouillé, sous un faible éclairage ? Les oiseaux pensent que c'est de l'eau, essaient de se poser dessus… et se brisent les pattes.

– Même si c'est vrai, quel est le rapport avec notre terrain ?

La fille leva les yeux au ciel.

– *Votre* terrain ? Encore ?

*Leur* terrain. Encore.

Jolène ignora la pique :

– Bref, quel est le problème ? Tu as peur que des oies se cassent le cou ici ?

– Pas des oies. Nous sommes pile sur la route de migration des grues du Canada. Chaque automne, des milliers de grues survolent cet endroit. Ce lieu précis. Or, maintenant qu'il n'y a plus l'église, le terrain n'est plus éclairé. Je viens de mesurer le parking. Il fait environ trente mètres sur quinze. C'est assez grand pour que ça pose un problème. En plus, vous voyez l'allée qui mène ici ? Elle est recourbée, comme une rivière. Si le sol est mouillé et qu'il fait sombre quand les grues passeront…

Ware contempla le parking. Il ne put s'empêcher de se le représenter couvert d'oiseaux blessés et affolés et gémit.

– Exactement. Une grue du Canada pèse environ cinq

kilos. C'est lourd, pour atterrir sur deux pattes toutes maigres.

Elle se releva, épousseta son short, resté miraculeusement immaculé, et ajouta :

– Mais moi vivante, ça n'arrivera pas !

Quand elle passa devant lui, Ware sentit une odeur fraîche de shampoing à la pomme. Une fois de plus, il regretta de ne pas s'être rincé le visage.

– Et alors, tu as l'intention de faire quoi ? demanda Jolène. Envoyer la police des oiseaux ? Mettre des panneaux pour signaler une déviation ?

– Très drôle. Les grues passent par ici depuis des millions d'années, donc ça ne marcherait pas, de toute façon. Elles vont venir, c'est sûr et certain. Je suis en train de dresser la liste de tous les endroits dangereux dans la ville. Mon père est au conseil municipal. Je vais lui dire de donner l'ordre aux propriétaires d'éclairer leurs terrains. Je vais aussi amener ici des membres de la société Audubon, pour voir ce qu'ils peuvent faire.

Jolène tendit les bras.

– Non !

– Non, répéta Ware en sautant de sa rambarde.

Le regard de l'adolescente passa de l'un à l'autre.

– Hum… si ? Mon père va le faire, insista-t-elle en

tortillant l'extrémité de sa queue-de-cheval. Il me l'a promis.

– Fais-le revenir sur sa promesse, alors, ordonna Jolène. Pas de banquier ici. Ni d'amoureux des oiseaux.

L'autre les dévisagea tour à tour :

– Qu'est-ce que vous avez, tous les deux ? Vous fabriquez quoi, au juste ?

# 21

– Raconte-moi ta journée.

Ware regarda son père, étendu sur le canapé, et réfléchit. Il avait très envie de parler des derniers événements à quelqu'un. Il avait appelé ses amis, mais Mikayla était dans le Nord avec une copine et Vashon à un camp de basket-ball.

Il fixa le match silencieux et commença :

– Le terrain vague près du centre de loisirs. Apparemment, il se trouve sur une route de migration. Des milliers de grues passent au-dessus chaque année. Des dizaines de milliers.

Son père s'installa plus confortablement sur le canapé :

– Hum…

– Tu te rappelles que je t'avais dit que l'église avait été détruite ? Par une boule de démolition. La plupart des trucs ont été emportés, mais il reste tout ce qui était trop lourd ou fixé au sol. Comme les bancs. On pourrait encore s'asseoir dessus, si on enlevait les gravats.

Ware fit une pause, convaincu que son père allait lui demander comment il savait tout cela. N'était-il pas censé passer ses journées au centre de loisirs ? Au minimum, il le mettrait en garde contre les entrées par effraction dans une propriété privée, ou contre les clous rouillés.

Mais son père garda le silence, yeux clos, comme s'il attendait la suite. Ware se détendit un peu, heureux de se sentir écouté.

– Il reste aussi les fonts baptismaux. Je ne savais pas ce que c'était, mais quelqu'un me l'a dit.

Il se tut à nouveau en pensant à ce « quelqu'un ». Il se rappelait encore le moment où Jolène avait pris sa main, la chaleur qu'il avait ressentie longtemps après. Il n'avait aucun souvenir d'avoir jamais été tenu par la main, même si ses parents avaient dû le faire quand il était petit. Il s'adossa au canapé et posa la tête tout doucement contre les genoux de son père. Ce dernier ne bougea pas.

– Le prêtre plongeait les gens dans l'eau, continua-t-il

en s'approchant lentement du sujet principal. Et ils renaissaient.

Ware attendit. Encore une fois, son père ne fit aucun commentaire.

– J'ai pensé que ça pourrait me faire du bien. Cette fois, je vous ressemblerais peut-être plus, à maman et à toi.

Ware demeura parfaitement immobile. Il l'avait dit. À voix haute. Son père allait répondre. Peut-être : «Oh non, on ne veut pas que tu changes d'un iota!», ou «Ce serait génial, mon grand!».

Ware ignorait quelle réponse il préférerait. Laquelle des deux lui ferait le plus mal.

À ce moment-là, le bras de son père tomba du canapé et le heurta à la joue. Pendant une seconde, le garçon s'affola : yeux fermés, bouche ouverte, son père ressemblait trop aux gens qu'il avait vus passer sur des brancards à l'hôpital, quelques nuits auparavant. Mais il lâcha soudain un ronflement sonore, et Ware respira à nouveau.

Il prit le bras de son père et le reposa doucement sur le coussin. Puis il augmenta le volume de la télévision jusqu'à ce qu'il puisse distinguer les commentaires. À défaut d'autre chose, quand son père se réveilla, Ware fut à même de lui résumer la partie.

# 22

Après cinq bonnes minutes passées à tirer sur la corde de toutes ses forces, Ware entendit enfin la cloche se déplacer avec un crissement grave. Il courut vers la cuve et regarda par-dessus le rebord.

Mauvaise nouvelle. La cloche avait creusé un cratère au fond.

La chose dans sa poitrine qui devait être son âme prit très mal cette découverte. Il entra dans le bassin et se laissa tomber sur une marche.

La baignoire magique ne pourrait plus jamais contenir de l'eau.

Il ne renaîtrait jamais.

Pendant tout le reste de sa vie, il serait toujours le même

fils décevant, anormal, asocial, «à l'extérieur». Un garçon dont les bulletins diraient toujours : «Ware doit participer davantage en classe», le mot «participer» signifiant «crier des réponses sans prendre le temps d'y réfléchir». Ou «Ware est brillant, mais il le cache bien !» ou même, une fois, «Il m'arrive d'oublier que Ware est dans ma classe».

Quel enseignant peut oublier un enfant juste parce qu'il se tait ?

Un lézard sauta sur la marche près de lui et enfla le fanon rouge sous son menton. Ware leva les deux mains.

– Je ne cherche pas la bagarre, promis.

La vieille église était infestée de lézards, qui aimaient se prélasser sur les ruines cuites par le soleil. Ware n'avait rien contre leur présence, mais ils lui rappelaient toujours le jour où il avait entendu sa mère dire qu'elle aurait voulu avoir un fils normal. Quel dommage qu'il n'ait pas vu un autre animal, ce jour-là ; une créature moins commune, comme le papillon lune qu'il avait trouvé un jour sur la moustiquaire, d'un vert pâle laiteux, aussi grand que sa main.

– Va-t'en, ordonna-t-il au lézard.

L'animal cligna des yeux.

Ware se pencha pour mieux l'observer. Il se rappelait que les lézards, comme les chats, les dromadaires ou les oryctéropes, possédaient une paupière supplémentaire, translucide : une membrane nictitante qu'ils pouvaient étendre sur leurs yeux à la verticale, à la manière dont on tirait un rideau, comme pour dire : «Non, merci bien, là j'ai envie d'être tranquille.»

Le lézard avait des paupières asociales. Peut-être était-ce l'animal adapté pour ce jour-là, après tout. Peut-être servirait-il à rappeler éternellement à Ware combien il était décevant.

Des larmes lui montèrent aux yeux, et sa gorge se serra. Il cacha son visage entre ses genoux, content d'être seul.

Au bout d'une minute, il entendit un bruit de métal qui raclait le sol. Il se leva et regarda à l'extérieur des fonts baptismaux.

Jolène traînait un énorme marteau à travers le parking. Des gants de cuir lui remontaient jusqu'au coude et elle avait passé une paire de lunettes de protection autour de son cou. Son visage avait l'expression la plus déterminée que Ware ait jamais vue.

Il sortit de la cuve et se dirigea vers la porte arrière. Jolène allait réellement essayer.

La veille, elle avait réussi à se défaire de l'adolescente (dont le nom était Ashley, avaient-ils fini par apprendre) en lui promettant de se débarrasser du bitume casse-pattes.

– Pas d'asphalte, pas de problème. Pas de banquiers, pas d'amoureux des oiseaux, pas de lumières, et pas de toi !

Ashley avait ricané. Mais Jolène lui avait adressé un regard si noir qu'elle avait quitté le terrain vague et enfourché son vélo.

– Comme tu voudras, avait-elle lancé avant de pédaler. Je reviendrai la semaine prochaine, pour voir si tu l'as vraiment fait.

Ware avait cru que Jolène bluffait, car elle avait refusé d'en reparler avec lui. Elle s'était contentée de regarder le soleil comme la veille, puis elle avait caché ses outils dans la haie, en avait tiré un petit sac-poubelle noir, et était partie.

Mais, visiblement, elle avait décidé de s'y mettre. Elle sortit une barre métallique pointue de trente centimètres de long de sa ceinture, s'accroupit et l'enfonça dans une fissure du sol. Puis elle se redressa, enfila les lunettes, souleva la masse et l'abaissa sur la pointerolle avec un grand clang.

Ensuite, elle leva les yeux vers lui et désigna le sol.

Ware secoua la tête. C'était elle qui avait fait cette promesse absurde, pas lui.

Elle garda le doigt tendu.

Il descendit les marches et s'approcha, juste par curiosité. Un morceau s'asphalte s'était détaché.

– Emporte-le.

Ware regarda la cuve baptismale inutilisable. Sa gorge se serra de nouveau.

– Non. Je me fiche que des gens viennent ici. Je m'en vais. Désolé, Jolène.

Il se mit en route vers le centre de loisirs. Ses jambes étaient de plomb.

– Désolé ou pas, Ware, tu vas m'aider à casser ce truc !

– Non, répéta-t-il sans s'arrêter. Au revoir, Jolène.

– Oh que si, tu vas le faire. Parce que…

Il y eut une pause. Puis il entendit :

– J'ai besoin de toi.

Le tremblement dans la voix de Jolène lui perça les tympans comme une sirène d'alarme. Il se retourna, et la volée de flèches le frappa – *tchac tchac tchac*, cent traits reçus en plein cœur. Il revint en courant, la main crispée sur sa poitrine.

Jolène ravala ses larmes et se redressa :

– Mme Stavros, la patronne de l'épicerie grecque, veut bien vendre tout ce que j'arriverai à produire. (Elle renifla.) Ça fait beaucoup d'argent.

– De l'argent ?

Elle renifla encore.

– Oui. J'en ai besoin.

– Oh. Mais… Jolène, tu ne vas pas y arriver. Tu ne peux pas débiter en morceaux tout un parking et le démonter.

– Il le faut bien, pourtant. Sinon, cette bourge va se ramener ici avec des tas de gens, et je ne pourrai plus utiliser cet endroit.

Elle perdit la bataille contre les larmes. Celles-ci coulèrent sur ses joues.

– J'ai besoin de ce jardin.

Ces pleurs.

– D'accord, d'accord. Attends. Laisse-moi réfléchir.

Ware regarda autour de lui, comme si une réponse pouvait flotter dans l'air, et vit la tour. Les beffrois étaient l'idéal pour avoir une vue d'ensemble. Pour voir les choses clairement.

– Reste ici, ordonna-t-il. Et n'aie pas peur.

Il grimpa sur le clocher.

Et son cœur se gonfla. Il crut presque le sentir physiquement grossir dans sa poitrine et se remplir d'espoir.

Car le bitume casse-pattes – les trottoirs devant et sur les côtés, le parking à l'arrière – entourait l'église comme un fossé.

Comme des *douves*.

# 23

Ware désigna le coin le plus bas du parking, où quelques centimètres d'eau s'étaient accumulés.

– Ça, c'est la pluie d'hier soir. La bonde est bouchée par les gravats. On va fermer aussi les autres.

– Et qu'est-ce que tu fais de, tu sais, la pesanteur ? lança Jolène en s'essuyant les joues.

– La pesanteur ?

Elle agita les bras vers les côtés extérieurs du parking.

– Qu'est-ce qui va retenir l'eau ici ? Et tout autour ?

Ses bras continuaient à bouger, presque hystériquement. Ware tendit le sien vers les décombres.

– Il doit y avoir un million de parpaings ici. On va

construire un muret. Tout autour. On va fabriquer des douves.

Les bras de Jolène s'abaissèrent d'un coup, comme s'ils étaient trop ahuris pour rester en l'air.

– Tu crois vraiment qu'on peut y arriver ?

Ware se représenta la scène. De l'eau dans un immense bassin d'un mètre de profondeur, pour garder son château fort. «Vous avez vu ça ? Waouh !»

Les palmiers semblaient acquiescer, encourageants, comme s'ils espéraient voir un jour leur propre reflet à la surface de l'eau.

«Ces deux enfants ont l'intention de construire des douves, fit la voix off dans sa tête. Vont-ils y arriver ?»

– Bon, d'accord, j'imagine qu'il va bien falloir, dit Jolène.

Ware se raidit. Avait-il parlé à voix haute ?

Et puis une pensée encore plus étourdissante le frappa. Ce qu'ils allaient construire, ce n'étaient pas que des douves pour protéger les oiseaux.

C'était une immense baignoire magique. Une cuve de la seconde chance. Des fonts baptismaux qui le rendraient «tout beau tout neuf».

Il allait lui falloir vraiment beaucoup d'eau bénite.

# 24

Malheureusement, quand la boule de démolition avait détruit les murs, ils ne s'étaient pas décomposés en parpaings individuels nettement découpés. Ware en retrouva peut-être une quinzaine, tout au plus. Il y avait aussi quelques blocs formés de deux ou de trois pierres, mais le reste était formé de morceaux soudés ensemble par du mortier, parfois aussi gros qu'une voiture, d'où dépassaient des barres métalliques tordues.

Ware se pencha sur un bloc de cinq parpaings et tira de toutes ses forces. Le morceau ne bougea pas. Il avait l'air de se moquer de lui.

– On peut le casser ici ?

– Il vaut mieux pas, dit Jolène. L'ouverture ici est trop

grosse. Il ne faudrait pas que des passants nous voient. Allons sur le parking.

Ware récupéra sa corde et l'enroula autour du bloc. En s'y mettant à deux pour le tirer pendant cinq bonnes minutes, ils parvinrent à le faire venir jusqu'à la porte arrière de l'église. Encore un effort, et il tomba sur le parking.

Ware descendit à son tour, se traîna jusqu'à un bout de pelouse, et s'y effondra. Si seulement il avait pratiqué un sport, n'importe lequel, qui l'ait un peu endurci !

Jolène enfila ses lunettes de protection et enfonça sa pointerolle dans une fissure au centre. Quand la tige fut bien droite, elle souleva la masse. Pendant un bref instant, l'outil trembla au-dessus de sa tête, au bout de ses bras minces comme des spaghettis. Mais la jeune fille retrouva le contrôle de ses muscles et l'abaissa juste au bon endroit. Le bloc se fendit en deux.

– Tu as l'air..., commença Ware.

Il chercha un mot adapté. Celui qui lui vint était « héroïque », et il convenait parfaitement, mais sa bouche refusait de le prononcer.

– Je sais très bien de quoi j'ai l'air, grogna Jolène.

Elle tira sur l'élastique des lunettes, les regarda avec répulsion et les plaça sur son front.

– Mais Mme Stavros m'a dit que si je ne les portais pas,

elle reprendrait ses outils. Et qu'elle ne me donnerait plus jamais la moindre banane pourrie.

– Quoi ? Qui ça ? demanda Ware, qui ne s'était pas encore complètement remis d'avoir failli traiter d'héroïne cette gamine crasseuse.

– Mme Stavros, tu te rappelles ? La femme qui m'amène tous ces fruits pourris.

Ware la corrigea sans réfléchir :

– Apporte.

– Apporte quoi ?

– Non, je veux dire : la femme qui t'apporte des fruits, pas qui te les amène.

Dès qu'il eut prononcé ces mots, il les regretta. Il était toujours agacé quand sa mère corrigeait sa grammaire ou son vocabulaire. Mais Jolène le fixait, attendant une explication, et il n'y avait aucune issue de secours dans son regard.

– On dit « apporter » pour des choses et « amener » pour des gens. Donc elle t'apporte des fruits, alors que toi, elle pourrait t'amener quelque part.

Jolène lâcha son marteau et tomba sur les fesses.

– Désolé, fit Ware. Ça n'a aucune importance.

Il se dirigea vers le morceau de mur brisé et attrapa le bloc le plus petit, composé de deux parpaings collés. Il risqua un regard vers Jolène, toujours assise. Ses jointures avaient blanchi autour de la pointerolle.

– Personne ne m'avait jamais parlé de cette règle.

– Sérieusement, on s'en fiche. Presque tout le monde fait cette erreur.

Ware plia les genoux et souleva le bloc jusqu'à ses mollets. Avant qu'il ait pu faire un seul pas, ses jambes se mirent à trembler. Il lâcha tout et s'essuya le front.

– C'est une bonne règle, asséna énergiquement Jolène, comme s'il n'avait pas parlé, et qu'il n'était même pas là. Parce que les gens ne sont pas des choses. Les choses, on peut les jeter. Si possible, on doit l'éviter, mais parfois, ce ne sont que des déchets. Les gens, eux, ne sont jamais des déchets. Donc c'est bien que les gens aient droit à un mot différent. Je ne me tromperai plus jamais.

# 25

Jolène dirigea le tuyau d'arrosage vers le haut, éclaboussant les frondaisons des palmiers. Les feuilles frémirent avec délices dans cette pluie inversée et gouttèrent sur Ware et Jolène, allongés en dessous.

Pendant qu'ils se rafraîchissaient, Ware fit quelques calculs.

– Nous avons construit un mur d'un mètre cinquante de longueur, ce matin, et c'est à l'arrière, là où il a besoin d'être le plus haut. Le périmètre est d'environ cent vingt mètres, mais l'avant et les côtés iront plus vite, puisque le muret peut être plus bas à cet endroit-là. Si tu réussis à emprunter un caddie à l'épicerie grecque, comme tu disais, on doit pouvoir y arriver en quatre semaines.

– Et pour…, objecta Jolène en désignant vaguement le centre de loisirs.

– Alors…

Ware réfléchit. Il n'avait pas eu l'intention d'abandonner complètement, mais il ne se voyait vraiment pas y retourner. Autant en prendre son parti.

– C'est sympa, là-bas, bien sûr. La récrénation, tout ça… Mais je ne suis pas obligé d'y aller.

Jolène souffla sur sa frange et haussa un sourcil. Il expliqua :

– Ma grand-mère est à l'hôpital et mes parents ne veulent pas se faire du souci pour moi en plus du reste. Ils avaient peur de me laisser tout seul à la maison sans rien à faire. Ici, je ne suis pas seul, et j'ai plein de trucs à faire, donc ça leur convient.

– Pourquoi elle est à l'hôpital ?

– Elle est tombée. Elle s'est cassé les deux cols du fémur.

– Pourquoi elle est tombée ?

– Pourquoi ? Pour rien. Elle est tombée, c'est tout.

Jolène ôta son chapeau et l'agita.

– On ne tombe pas « pour rien ». Genre, on est debout, et tout à coup, *boum*, on se retrouve par terre, et on s'est cassé des os ! Il s'est forcément passé quelque chose. Quoi ?

– Alors… je ne sais pas. Je n'y étais pas.

Ware tourna la tête. Une vague de nausée le parcourut, comme s'il venait de soulever un rocher et avait trouvé des vers de terre grouillant dessous. Au moment de la chute, il était à la piscine et attendait l'allumage de ces fichues lumières. Était-il réellement arrivé quelque chose à Grand Manitou ? En dehors de sa maladie, la vieillesse ? Quelque chose dont il aurait pu la protéger ?

Il roula un peu plus loin et arracha quelques brins d'herbe :

– Elle s'est cassé les deux hanches, et on a dû les remplacer. C'est tout.

Jolène se redressa sur un coude et ôta ses lunettes de soleil. Dans ses yeux brillait une lueur qui mit Ware mal à l'aise.

– Et qu'est-ce qu'ils en ont fait ?

– De quoi ? demanda-t-il, bien qu'il ait déjà deviné la réponse.

– De ses anciennes articulations. Ses os. Je ne me suis jamais demandé ce qui arrivait aux parties du corps.

– Ils s'en sont débarrassés, j'imagine. Peu importe. On devrait se remettre au travail.

– Peu importe ? répéta Jolène en écarquillant les yeux devant la profondeur de l'ignorance de Ware. Dans plein d'endroits, on laisse les déchets n'importe où, pour que les buses et les rats les mangent. Tu trouves que ça conviendrait, pour les os de ta grand-mère ? À moins qu'on les ait jetés à la décharge ? Il y a toujours des gens qui y entrent en cachette à la recherche de machins à vendre. Et s'ils trouvaient ses hanches et les mettaient en vente ?

– Ça ne peut pas arriver. Ce serait affreux.

– Oh, c'est vrai, j'oubliais, tu vis dans le monde des Bisounours. (Elle se rallongea et se couvrit le visage avec son chapeau.) Mais dans la vraie vie, les trucs affreux arrivent, tu sais.

Ware se redressa d'un bond.

– Fin de la pause. Au boulot.

# 26

Pendant le reste de la matinée, Ware n'adressa plus la parole à Jolène, ce qu'elle ne sembla pas remarquer. Mais quand elle rangea ses outils sous la haie avant de partir, il se rendit compte qu'il n'avait pas envie d'être seul.

– Alors… tu veux aller te préparer un pique-nique chez toi et revenir ? Je t'attendrai.

– Je ne rentre pas chez moi.

Elle prit son sac-poubelle et se dirigea vers l'allée à l'arrière du terrain. En passant devant les piles de compost, elle les désigna :

– J'ai besoin d'autres trucs.

– Attends, je viens avec toi.

– Non.

Et elle disparut.

Ware récupéra son déjeuner, même s'il n'avait pas faim, et grimpa sur le clocher. Il s'obligea à avaler les sandwichs au beurre de cacahuète desséchés et à boire le jus de fruits aussi chaud qu'une soupe. Avec cette chaleur, la banane était devenue marron. Il la lança rageusement dehors. En la regardant plonger, il se rappela ce qu'avait dit Jolène : «On ne tombe pas pour rien.» Il était arrivé quelque chose à Grand Manitou.

Dans son devoir, Ware avait recopié le code de chevalerie à la dernière page, la onzième. Il lui avait fallu si longtemps pour obtenir une présentation parfaite qu'il avait mémorisé les treize règles par cœur. La troisième disait : «Tu auras le respect de toutes les faiblesses et tu t'en constitueras le défenseur.»

Il n'avait pas défendu sa propre grand-mère. Il aurait pu dire quelque chose comme : «Grand Manitou, j'ai remarqué que tu ne te sentais pas très bien, aujourd'hui. En plus, tu as la maladie de la vieillesse. Appelons le médecin.»

Ç'aurait été si facile.

De l'autre côté du parking, les palmiers étaient avachis comme s'ils avaient honte de lui.

Mais en dessous, le mur qu'ils étaient en train de bâtir lui donna de l'espoir. Les douves magiques seraient bientôt pleines. Il pourrait renaître. Cette fois, en plus d'être normal, il serait le genre de garçon qui remarque que sa grand-mère ne se sent pas bien. Le genre de garçon qui agit au bon moment.

# 27

Une semaine plus tard, la routine s'était installée dans leurs journées.

Le matin, quand les trois palmiers ombrageaient le verger de Jolène, Ware l'aidait. Tout en travaillant, Jolène lui débitait une leçon interminable sur l'histoire de la gestion des ordures. Ware l'interrompait chaque fois qu'elle suggérait quelque affreuse destination potentielle pour les cols du fémur de Grand Manitou ; en dehors de cela, il appréciait ces moments.

Les premiers papayers se couvraient déjà de fruits minuscules. Les plantes de la deuxième série faisaient pousser des feuilles à tort et à travers, dans leur joie de s'être échappées des boîtes et de se retrouver dans ce compost riche et fertile. Trente autres boîtes de ChipNutz avaient rejoint les quarante-sept précédentes, désormais vides. Jolène avait troué le fond de chacune d'elles à l'aide de clous, et y avait planté une graine. Ces soixante-dix-sept nouveaux papayers laissaient déjà paraître de petites bosses vertes, comme curieux de savoir ce qui pouvait occasionner toute cette allégresse.

Quand l'ombre se retirait venait l'heure de travailler au mur.

La première fois que Ware proposa de la crème solaire à Jolène, elle le regarda comme s'il lui tendait un tube de bave chaude, mais par la suite elle sembla apprécier les effluves de noix de coco autant que lui.

Ensemble, ils enroulaient des cordes autour de gros morceaux de maçonnerie et les traînaient en place. Ils gardaient le tuyau d'arrosage auprès d'eux et avalaient de longues gorgées de cette eau tiède au goût de plastique quand la chaleur qui rayonnait des murs effondrés changeait leur gorge en papier de verre.

Jolène n'acceptait jamais de le laisser utiliser la masse de Mme Stavros, et Ware faisait comme si cette injustice le blessait. En réalité, il en était soulagé. Et s'il n'avait pas réussi à la soulever ?

Lorsque Jolène avait découpé un bloc de mur en petits

morceaux, il incombait à Ware de les emporter jusqu'à leur emplacement définitif dans le caddie de supermarché, et de les empiler. C'était sa partie du travail préférée. Il aimait encastrer les éléments les uns dans les autres, remplir les interstices avec des sacs plastique bourrés de cailloux, et sceller le tout avec le mastic qu'il avait trouvé dans la remise de son jardin.

Comme les plantes de Jolène, le mur croissait un peu plus chaque jour.

Les activités cessaient vers 13 heures, quand Jolène partait à l'épicerie grecque avec son sac-poubelle. Ware essayait toujours de l'accompagner, et elle refusait systématiquement. Plus elle s'obstinait, plus il désirait y aller.

– Mais pourquoi pas ? se plaignit-il au bout de quelques jours.

– Parce que c'est comme ça.

– Il n'y a pas de raison que ce soit toi qui dictes les règles. Ce n'est pas juste.

Jolène leva les yeux au ciel.

– Et revoilà le monde des Bisounours !

Et elle le contourna pour partir.

Après cet échange, il cessa d'insister. Chaque jour, il passait le reste de l'après-midi tout seul, mais c'était une solitude paisible et non mélancolique. Il pique-niquait en haut du clocher, puis il recouvrait le pan de mur qu'ils venaient d'achever de sacs-poubelle remplis de cailloux. Il continuait son vitrail, ou dégageait et nettoyait une partie de l'église. Il termina son cadran solaire et entreprit de bâtir un trône.

Une autre semaine s'écoula. Pareil. Pareil. Pareil.

Et puis le vendredi arriva.

# 28

Vendredi, Ware se trouvait dans le clocher quand il entendit un véhicule se garer devant l'église.

C'était une voiture grande et élégante, d'un gris anthracite très sérieux. Un homme en descendit, vêtu d'un costume anthracite très sérieux. Même du haut de la tour, Ware remarqua que ses chaussures brillaient.

C'était bon signe. Personne ne voudrait mettre le pied sur un terrain aussi poussiéreux avec des chaussures bien cirées.

En effet, l'homme n'entra pas. Il se planta avec détermination au centre de la grille qui fermait le terrain, posa un attaché-case sur le trottoir et l'ouvrit. Il en sortit un écriteau jaune vif qu'il attacha à la barrière. Ensuite, il referma sa serviette, retourna dans sa voiture et partit.

Ware dévala l'escalier pour aller trouver Jolène. Il lui désigna la rue, et elle sembla comprendre.

L'écriteau jaune vif était noué au grillage à la fois en haut et en bas, comme pour dire : «J'y suis, j'y reste.»

*Enchères publiques cet automne*
*Parcelle n° 788*
*Usage commercial. 3 000 m².*

Ware jeta un coup d'œil à Jolène à côté de lui. Son visage était empreint d'une expression de terreur. Il crispa la main sur sa poitrine à lui, criblée par une volée de cent flèches.

– Ne t'inquiète pas, Jolène. Tout va bien se passer.

Elle secoua la tête un long moment en entendant ces mots vides de sens. Au bout d'un moment, elle se retourna et courut dans la rue en direction de l'épicerie grecque. Il la vit s'enfoncer dans les buissons à l'arrière et disparaître.

Debout du mauvais côté de la barrière, Ware se sentit vulnérable. Il s'empressa de l'escalader à nouveau et se dirigea vers l'église, bouleversé.

Soudain, tout lui semblait différent. Les ruines, le verger en train de pousser, le terrain tout entier lui paraissaient fragiles. Comme s'ils le suppliaient de les aider.

Son regard fut attiré par un éclat métallique sous un buisson de houx près du pont-levis.

Ware s'accroupit et découvrit une surprise, un chevalet blanc magnétique. Il le tira à l'air libre. Un message était écrit des deux côtés, avec de grosses lettres en plastique noir : N'AYEZ PAS PEUR.

La crainte qu'il avait vue sur le visage de Jolène quand elle avait lu l'annonce des enchères lui revint à l'esprit avec un nouveau *tchac* dans le cœur.

Ware emporta le chevalet dans le jardin et le planta près des papayers.

« N'aie pas peur, Jolène. »

# 29

– C'est quoi, ce truc ? Qu'est-ce que ça veut dire ?

Les poings de Jolène étaient serrés sur ses hanches. Ware fit un pas en arrière.

– Ce que ça dit. N'aie pas peur.

Les jointures de Jolène blanchirent.

– Qu'est-ce qui te fait croire que j'ai peur ?

– Oh, allez. J'ai vu ton visage quand tu as lu l'annonce.

Elle jeta un coup d'œil vers l'écriteau jaune, et tout son squelette sembla s'affaisser.

– Les fruits n'auront jamais le temps de mûrir. Je ne pourrai jamais les vendre et avoir l'argent dont j'ai besoin. Je suis une idiote.

Elle donna un coup de pied dans une des jeunes

pousses. Ware se hâta de redresser la boîte et tassa de son mieux la terre autour de la petite plante.

– Ce n'est pas juste, dit-il. On en a fait un si bel endroit !

Jolène secoua la tête avec rage.

– Peut-être que dans le monde des Bisounours tout est toujours juste. Mais pas ici.

Elle envoya valdinguer une autre boîte d'un coup de pied.

– Je ne laisserai pas un bulldozer les tuer. Je le ferai moi-même.

– Arrête !

Elle n'obéit pas. Elle en renversa une autre, puis une autre encore.

– Et ensuite, il va falloir que je trouve des petits boulots.

– Non, Jolène. On ne va pas laisser faire ça. Tu ne perdras pas ton verger.

– De quoi tu parles ?

Bonne question. De quoi parlait-il ?

Ware revit soudain la onzième page de son devoir. La douzième règle se détacha du fond. « Tu seras, partout et toujours, le champion du droit et du bien contre l'injustice et le mal. »

C'était de cela qu'il parlait.

Cette situation était bel et bien injuste. Il devait se faire le défenseur de la justice.

C'était même son projet de vie. Il en eut soudain la certitude absolue.

Il se redressa de toute sa taille.

– Je ne les laisserai pas faire, Jolène. Je sauverai ton jardin.

– *Pff*… Et comment tu comptes t'y prendre ?

– Je ne sais pas encore. Mais je le ferai. Tu ne perdras pas ton verger. J'en fais le serment.

– Le serment ?

– La promesse. Je te le jure.

– Sérieusement ?

– Sérieusement.

Jolène l'observa un long moment. Puis elle redressa doucement les boîtes. Elle tapota doucement la terre autour des jeunes pousses, avec des mains qui semblaient prier.

Lorsqu'elle quitta les lieux, Ware demeura seul avec son serment.

C'était une promesse folle, bien sûr, impossible à tenir.

Mais il s'en fichait. Car quand il l'avait faite, son cœur (dont il comprit soudain qu'il avait été inutile jusqu'ici, uniquement occupé à tuer le temps en pompant son sang dans ses artères) avait jailli de sa poitrine, comme réincarné sous la forme d'un oiseau, et était en train de planer quelque part près du sommet de la tour.

Et, de là-haut, la vue était splendide.

# 30

Ce vendredi, il y eut aussi du changement à la maison. Quand Ware rentra chez lui, il trouva sa mère dans la cuisine.

– Alors, tu l'as amenée au centre de convalescence ? Elle va bien ?

– Très bien. Les médecins disent qu'elle guérit vite. Et elle est déjà redevenue elle-même. Nous étions arrivées depuis moins d'une heure qu'elle expliquait déjà au personnel comment organiser les dialyses de la femme dont elle partage la chambre. Il n'y a que Grand Manitou pour faire ça, hein ?

Le nœud d'inquiétude que Ware portait en lui se détendit un peu.

– Eh bien, en réalité, je connais quelqu'un d'autre…

– D'accord, je l'avoue, j'ai sans doute hérité de ce gène ! admit sa mère en riant. Allez, je vais te préparer quelque chose à manger. Tu m'as manqué, tu sais !

Elle ouvrit le frigidaire et fronça les sourcils.

– Pas le moindre légume ou fruit en vue…

En entendant ces mots, Ware vit une stratégie détournée pour mener la bataille de l'épicerie grecque, simple et à l'épreuve de la mauvaise volonté de Jolène.

– J'en achèterai demain, proposa-t-il négligemment. Il y a un magasin qui en vend près du centre de loisirs.

Sa mère sortit deux billets de son portefeuille et les lui tendit.

– Pas de cochonneries, hein ?

Ware se lava les mains, s'assit, puis la regarda mettre quelques biscottes dans une assiette et découper des tranches de cheddar. Quand elle le rejoignit à table, il demanda :

– Il est où, ce centre de convalescence ? Je peux aller la voir ?

– C'est en centre-ville. J'imagine que tu pourrais prendre le bus après le centre de loisirs. Je ne peux absolument pas t'y amener. Je n'ai pas une minute à moi. J'y passerai de temps en temps en rentrant du travail, mais… (Elle laissa tomber son visage dans ses mains.) Il y a tant de choses à régler.

L'assurance. Quoi faire de ses meubles si elle doit déménager. Quel cauchemar !

Ware reposa sa biscotte. S'il était arrivé quelque chose à Grand Manitou, quelque chose dont il aurait pu la défendre, quelque chose qui avait causé sa chute, alors il portait la responsabilité de ce « cauchemar ».

– Mais tu n'as pas à t'en soucier, reprit sa mère. Ton oncle Cy et moi allons nous en occuper.

Il avala péniblement sa salive.

– Non, maman. Il faut que tu me parles de ce genre de choses.

Ils tressaillirent tous les deux en entendant un grondement de tonnerre lointain. Ware jeta un coup d'œil par la fenêtre. Le ciel était jaunâtre et grumeleux, comme les melons que Jolène avait jetés sur la pile de compost la veille. Un orage arrivait.

– Je suis sérieux, maman. Papa et toi, vous devez me parler quand il y a un problème. Je ne suis plus un bébé.

– Hé, attention à ce que tu dis. Tu n'es pas un bébé, tu es *mon* bébé. Le seul que j'aie.

Ware ne répondit pas. Sa mère répétait souvent cette phrase. Jusqu'à présent, il s'était toujours senti précieux en l'entendant. Mais aujourd'hui, il eut l'impression qu'elle enroulait son visage dans une couverture.

Elle tendit la main et passa le pouce en haut de son front.

– Tu es tout sale. Qu'est-ce que tu as fait ?

– Alors... nous avons jardiné.

– Nous ? Qui ça, nous ? demanda-t-elle, avec une expression si pleine d'espoir que le cœur de Ware se serra.

– Maman, arrête de t'inquiéter pour moi.

– Je ne peux pas m'en empêcher. Parce que... (Elle prit la serviette sur ses genoux et la plia en un triangle parfait.) Quand j'étais jeune, j'étais...

– Je sais. Déléguée de classe, des centaines d'amis. Et papa pratiquait trois sports différents. Je sais.

– Tout ce que je veux, c'est que tu sois heureux.

Il eut envie de lui expliquer que, parfois, il était heureux d'être seul. Mais quel que soit le nombre de fois où il le lui répéterait, elle ne comprendrait jamais. Il l'avait appris la veille de son huitième anniversaire, quand elle était entrée brutalement dans sa chambre.

– Tu n'as pas entendu que je t'appelais ? avait-elle demandé, l'air affolé.

Ware s'était vivement relevé, perplexe. Il avait fait quelque chose de mal, mais quoi ?

– Je suis désolé, je...

Sa mère avait fait le tour de sa chambre en coup de vent

pour allumer ses deux petites lampes et son plafonnier, effaçant les ombres théâtrales que la lumière hivernale projetait sur son plafond.

– Allongé par terre, tout seul, dans le noir ? Pourquoi tu ne m'as pas entendue ? Tu te rends compte que j'étais inquiète ? Qu'est-ce que tu faisais ?

Elle posait ses questions trop vite, à moins que ce ne soit son cerveau à lui qui fonctionnait trop lentement.

– Je pensais à des huit.

– Quoi ?

– Je regardais, avait-il corrigé. Je regardais des huit, et je me suis rendu compte que c'étaient en fait des ronds sur d'autres ronds.

Il espérait avoir trouvé la bonne réponse, celle qui effacerait l'angoisse sur le visage de sa mère.

Raté.

– Regarder n'est pas faire, Ware. Qu'est-ce que tu faisais ?

– Je faisais des choses dans ma tête.

Il lui avait désigné le plafond, avait essayé de lui montrer que les traces de plâtre formaient une infinité de symboles de l'infini.

– Tu vois ?

– Oh, Ware, avait-elle gémi en se laissant tomber sur

le lit, la tête entre les mains. Tout ce que je voudrais, c'est que tu sois heureux.

Ce qui l'avait plus déconcerté que jamais. Étendu sur le sol, il avait justement ressenti physiquement la présence du bonheur, comme s'il avait avalé une graine de joie. Mais sa mère semblait si triste.

– Je vais essayer, maman, avait-il promis, plein de bonnes intentions. Je vais faire des efforts.

Trois ans et demi plus tard, il fallait se rendre à l'évidence : ces efforts ne suffisaient pas.

– Tu crois que les gens peuvent redevenir tout neufs ? demanda-t-il. S'il y a quelque chose qui ne va pas chez eux, est-ce qu'ils peuvent repartir de zéro ?

– Oh. Non, malheureusement pas. Ta grand-mère va sûrement s'en remettre, mais elle ne sera pas comme neuve.

Ware se sentit soudain très seul. Pas une solitude paisible, cette fois, mais mélancolique. Il se leva et porta son assiette dans l'évier.

Sa mère se leva, elle aussi. Elle se dirigea vers le calendrier.

– Plus que six semaines avant que la maison nous appartienne, déclara-t-elle.

Ils sursautèrent tous les deux en entendant un coup

de tonnerre tout près. Ware s'approcha de la fenêtre. Les nuages noirs s'accumulaient.

Sa mère le rejoignit.

– Tout ira bien, dit-elle, le front pressé contre la vitre soudain éclaboussée de pluie.

Était-ce à elle-même qu'elle parlait, ou à lui ?

– Tout ira bien, répéta-t-elle, comme si la personne à qui elle s'adressait avait besoin d'être rassurée davantage.

Ware repensa à l'écriteau, à son serment impossible, à la chute de sa grand-mère qu'il n'avait pas pu empêcher.

– Tout ira bien.

Il n'en était pas si certain.

# 31

Le lendemain, Ware, allongé sur le côté, regardait Jolène brandir son marteau au milieu d'une tempête de poussière. Il ne l'avait pas quittée d'une semelle de toute la matinée, craignant qu'elle disparaisse à nouveau. Mais elle s'était escrimée à creuser une autre tranchée, et Ware avait compris qu'il s'agissait d'un message. Elle avait décidé de se fier à lui. Face à cette confiance miraculeuse, il éprouvait un mélange de soulagement et d'inquiétude.

– Tu ne trouves pas qu'on devrait ressentir quelque chose de spécial, ici ? demanda-t-il.

Il avait recommencé à s'interroger sur ce qui transformait l'eau en eau bénite. Bien entendu, il gardait ses réflexions secrètes. Jolène n'était peut-être plus son ennemie, mais son projet de renaissance était trop frêle et hardi pour risquer d'être secoué. Et puis, au fil de ses méditations, ses questions s'étaient élargies.

– Après tout, c'était une église. On devrait encore le sentir, non ?

– Je te l'ai déjà dit, répondit Jolène en abaissant la masse. Tout ce qui était sacré a été emporté.

– Mais qu'est-ce qu'on sent face à quelque chose de sacré, en fait ? Tu crois qu'on s'en rendrait compte, si ça revenait ?

Au-dessus d'eux, les palmiers frémirent comme pour les avertir. Ware s'assit. Il entendit le crissement d'un frein et le clang d'un vélo déposé contre la grille à l'avant.

Jolène et lui regardèrent Ashley escalader la barrière et s'épousseter pour reprendre contenance. Son calme apparent s'évapora quand elle remarqua les opérations en cours dans le parking. Elle s'approcha rapidement.

Jolène se pencha vers elle, menaçante. Ses lunettes de protection lui donnaient l'allure d'un énorme insecte en train d'étudier son repas.

– Tu peux repartir. On recouvre le bitume. Avec de l'eau. Plus de danger pour les oiseaux. Alors bon vent.

Ashley eut l'air sceptique. Jolène lâcha son marteau et arracha ses lunettes. Ware s'interposa entre elles :

– C'est vrai. On est en train de construire un mur autour. On va faire des douves.

– Des douves ? Comme autour d'un château fort ? C'est, euh... ridicule ?

Ware se détourna, le visage brûlant. Les douves n'étaient pas ridicules. La plupart des gens s'imaginaient qu'elles ne protégeaient les châteaux que contre les assauts au niveau du sol, mais elles empêchaient aussi les attaques-surprises par tunnel, plus dangereuses encore.

– Tu te prends pour un preux chevalier ? se moqua Ashley. Héroïque, galant, et tout le tralala ?

Cette raillerie fit fuir Ware. Les chevaliers étaient braves, et loyaux, et justes, se répéta-t-il en gravissant rageusement les marches à l'arrière de l'église. Sans compter qu'on pouvait les considérer comme les inventeurs des projets de vie. Dès l'âge de sept ans, ils avaient pour unique objectif de s'entraîner à devenir chevaliers ; et, une fois adoubés, ils se consacraient à servir leur seigneur.

Mais une fois en haut du clocher, il dut admettre qu'il y avait un problème dans leur doctrine : la galanterie.

Ware se rappela le soir où il avait montré son devoir à sa mère. Elle l'avait lu attentivement avant de s'écrier :

– N'importe quoi !

Assis par terre à côté de son fauteuil, Ware avait bredouillé, accablé :

– Mme Sprague n'a pas trouvé que c'était n'importe quoi. Elle m'a mis dix sur dix.

– Oh, pas ton devoir, mon chéri. Il est excellent. Mais ça ? s'était-elle énervée en lui montrant la onzième page. Cette histoire de protéger les demoiselles en détresse ? Si les hommes n'avaient pas privé les femmes de leurs droits, ils n'auraient pas eu besoin de se vanter de faire preuve de galanterie ! Quelles bêtises !

Son commentaire l'avait tracassé pendant plusieurs jours de suite. Si le code de chevalerie ne s'appliquait plus dans le monde actuel, cela signifiait qu'il n'aurait jamais l'occasion de le mettre en pratique. De mener une existence vouée à l'honneur, de servir un seigneur digne de l'être, et surtout de se porter au secours des malheureux.

Ware avait imaginé de nombreux scénarios dans lesquels il venait en aide à des personnes en détresse. Vu son manque de muscle, il les avait peuplés d'individus aux deux extrémités de la pyramide des âges, c'est-à-dire des bébés sur le point d'être emportés par des vagues ou des vieillards trop faibles pour traverser la rue. Chaque fois, il survenait juste à temps – menton levé, poitrine gonflée, démarche résolue – pour les empêcher de courir droit à la catastrophe.

Quand il y avait réfléchi plus calmement, il s'était rendu compte que seule la partie sur les demoiselles en détresse ne s'appliquait plus au monde présent. De nos jours, les filles n'avaient pas besoin d'un traitement de faveur comme si elles étaient plus faibles que les garçons. À vrai dire, elles pouvaient désormais jouer le rôle de chevalier, elles aussi. Mais le reste du code demeurait valable.

Hélas, il avait fini par comprendre qu'il ne serait jamais un chevalier lui-même. Il n'avait même pas su protéger sa propre grand-mère quand elle en avait eu besoin. Et, s'il avait promis de sauver une plantation de papayers menacée par une banque, il n'avait pas la moindre idée du moyen d'y parvenir.

À présent, partout où il regardait, il voyait le reflet de ses rêves ridicules. Même les palmiers semblaient avoir du mal à retenir un rire.

Lui, un futur héros ?

N'importe quoi.

La voix de Jolène s'éleva jusqu'à lui :

– Tu ne dois parler de cet endroit à personne. Pas un seul mot.

Brusquement, une idée lui vint. Il dévala l'escalier et courut vers les deux filles.

– C'est tout ? s'assurait Ashley. Tout ce que j'ai à faire,

c'est ne rien dire à personne, et vous couvrirez le bitume avec de l'eau ?

– Oui, promit Jolène.

– Non, la contredit Ware.

Elles se tournèrent vers lui.

– Tu vas faire un autre truc.

– Ah oui ? Et quoi donc ?

– Demande à ton père d'ordonner à la banque de ne pas mettre cette parcelle aux enchères.

– Ben voyons. Tu peux toujours…

Ware agrippa ses cuisses et fit une mimique de douleur.

– Toutes ces grues qui vont se casser les pattes…

Ashley croisa les bras.

– Bon, d'accord. Si vous faites réellement des douves ici, je parlerai à mon père.

Elle s'éloigna en balançant sa queue-de-cheval.

Les sourcils de Jolène se haussèrent au-dessus de ses lunettes de soleil.

Et dans l'image qui s'y reflétait, Ware se vit à nouveau. Un garçon peut-être pas si pathétique que ça, en fin de compte.

# 32

Ware n'avait jamais vu l'épicerie grecque, parce qu'elle était sur la Deuxième Rue, et sa mère avait déterminé que passer par la Première Rue était plus efficace pour se rendre dans le centre-ville. Or, une fois qu'elle avait trouvé un itinéraire efficace, elle n'en changeait plus.

Ware, lui, avait décidé que, quand il serait grand, il prendrait un chemin différent chaque jour.

En tout cas, le magasin était là, juste à côté de la clôture est. Une enseigne au-dessus de l'auvent annonçait ÉPICERIE GRECQUE en lettres dorées, mais même sans, il n'aurait pas pu la manquer. Pendant un instant, il demeura immobile sur le trottoir, yeux écarquillés.

Quand Ware était entré en maternelle, ses parents lui avaient offert une boîte ultra-luxe de 128 crayons. Il avait été ébloui par toutes ces couleurs qui formaient un arc-en-ciel prometteur, juste pour lui. Il ressentait à présent la même joie face à l'abondance qu'il avait devant lui. Les fruits et légumes, de couleurs si vives qu'ils semblaient être éclairés de l'intérieur, débordaient de leurs caisses. Il aurait voulu dire : «Vous avez vu ça ? Waouh ! » Mais comme toujours, à qui aurait-il pu le montrer ?

Ware n'était parti que dix minutes après Jolène, mais il ne la voyait pas. Probablement était-elle en train de prendre des fruits pourris dans la benne. Mais ensuite, que faisait-elle ? Elle ne revenait jamais avant le départ de Ware. Où passait-elle donc ses après-midi, avec son sac-poubelle ?

Ware secoua la tête et entra. Il avait une tâche à accomplir, ici, dans ce magasin interdit.

Il prit un panier, y rangea une barquette de myrtilles, une laitue, des carottes, des tomates, des bananes, des prunes, et se dirigea vers la caisse.

– Il fait chaud, hein ? dit-il à la caissière.

Il appréciait cette salutation standard que tout le monde s'échangeait en toute circonstance ici, en Floride, au moins six mois par an. C'était plus simple de ne pas avoir à trouver un moyen original d'entamer la conversation.

– Oui, il fait vraiment chaud, confirma la femme.

Ware posa son panier sur le comptoir. À côté de lui, un empilement de ce qui ressemblait à des ballons de foot déformés, mouchetés de vert et d'orange, attira son attention. Il tendit la main pour en toucher un, palper leur peau parcheminée.

L'étiquette au-dessus des fruits était tombée. Il la redressa, curieux.

« PAPAYES, 1,99 dollar les 500 grammes. »

Des papayes. Ware en souleva une, surpris par le poids du fruit.

– Je connais des papayers, dit-il à la caissière, même s'il n'avait pas prévu d'ajouter quoi que ce soit après sa remarque météorologique. Ils sont tout fins.

– Ah bon ?

Ware regarda la grosse sphère dans sa main, dubitatif.

– Je ne vois pas comment ils pourraient porter cinquante fruits comme celui-ci.

– Ils vont grossir, dit la caissière. Tout vient à point à qui sait attendre.

– Vous le pensez vraiment ?

– D'après mon expérience, oui.

Elle lui prit la papaye. Quand elle se pencha sur la balance pour la peser, Ware aperçut une porte ouverte derrière elle.

À l'extérieur, il y avait un jardin. Une femme avec des cheveux parsemés de fils blancs attachés sur le dessus de sa tête se tenait près d'une table, sous une tonnelle couverte de vigne. Elle portait un chemisier fleuri et un pantalon ample retenu à la ceinture par une corde. Une fille aux longues mèches jaunes retombant sur une salopette élimée était assise à la table.

Ware vit Jolène boire un verre de jus violet avant de s'attaquer à une assiette pleine de nourriture.

La caissière se redressa et lui boucha la vue. Il se pencha sur le côté pour voir derrière elle.

– Ça fera vingt-trois dollars vingt, lui annonça-t-elle en rangeant ses achats dans un sac en papier.

Il tendit le cou. La dame dans le jardin – ce ne pouvait être que Mme Stavros – montrait les grappes de raisin au-dessus de sa tête, et Jolène acquiesçait.

– Vingt-trois vingt, répéta la caissière, une main tendue, l'autre sur ses hanches (on aurait dit une théière).

Ware se redressa sur la pointe des pieds ; c'était le plus approchant d'un beffroi. Mme Stavros ajouta de la nourriture dans l'assiette de Jolène, une main posée sur son épaule, et Jolène rejeta la tête en arrière en émettant un son que Ware n'avait jamais entendu.

C'était un son agréable, un doux gargouillis, comme de l'eau qui coule d'une fontaine. Très étonnant de la part de quelqu'un aux coudes et genoux aussi pointus, quelqu'un avec des yeux-meurtrières.

S'il avait réellement été en haut d'une tour, Ware aurait risqué de basculer dans le vide. Il ignorait que Jolène savait rire.

# 33

Quand Ware descendit de la branche du chêne cet après-midi-là et vit l'homme à l'arrêt de bus, il faillit faire tomber son sac de courses. Il avait reconnu ces cheveux. Bruns comme ceux de sa mère, ondulés et courts comme les siens.

Il fit un pas en arrière pour se cacher derrière l'arbre, mais l'homme se retourna.

– Ware ! dit-il en levant la main. Te voilà !

Ware s'avança, sur des jambes qui ne lui paraissaient soudain plus très solides.

– Cy ? Qu'est-ce que tu fais là ?

Son oncle le menaça du doigt :

– Mauvaise question, bonhomme, dit-il avec un rire

qui laissait entendre que ce n'était pas drôle – du tout. La bonne question, c'est : qu'est-ce que toi, tu fais hors de là ?

Il désigna la maison de quartier. Ware ouvrit la bouche, mais aucun son n'en sortit. Cy tapota le banc, et Ware se laissa tomber dessus.

– D'accord, c'est moi qui commence. Ta mère m'a proposé de venir te chercher. Imagine un peu ma surprise quand je suis entré dans le centre de loisirs et que je n'ai trouvé mon neveu nulle part...

Ware n'avait aucun mal à se l'imaginer. Il se cacha le visage dans les mains.

– Tu as demandé à quelqu'un ?

– En effet. À un ado. Il m'a montré la feuille de présence. Pas de neveu aujourd'hui. Pas de neveu de toute la semaine.

Ware gémit. Il regarda son oncle entre ses doigts.

– Et alors ? Tu as signalé que j'avais disparu ?

– Non. J'ai failli appeler ta mère, mais ensuite, je me suis rappelé que, d'après elle, tu rentrais tous les jours à la maison par le bus de 15 h 45. Alors j'ai pensé : « Hum. Elle le dépose ici, il n'entre pas, mais il revient ici prendre le bus. » Et j'ai décidé de t'attendre à l'arrêt.

Ware releva la tête.

– Je ne supporte pas cet endroit, Cy. C'est horrible.

– Je sais. J'ai vu. À ton âge, j'aurais séché, moi aussi. Mais rester planqué derrière un arbre toute la journée ? Ce n'est pas terrible, bonhomme.

– Ce n'est pas ce que je fais.

– Je t'ai vu, Ware. Tu étais derrière ce gros chêne.

Cy parlait d'une voix douce mais triste. Ware se leva et ramassa son sac.

– Viens. Je vais te montrer où je vais.

# 34

Cy sortit une bière du frigidaire et sauta avec légèreté sur le plan de travail pour s'y asseoir. Il se déplaçait comme un chat, mince et souple.

Ware rangea ses courses et se versa du jus d'orange. Il jeta un regard en coin à son oncle.

– Tu vas tout leur dire ?

Cy posa la tête contre le placard derrière lui.

– À ton avis ?

– Non. Peut-être. Mais ne le fais pas, s'il te plaît.

Ware se hissa à côté de son oncle. Il entoura son verre de ses deux mains, cachant les hippocampes ridicules qui gambadaient sur le rebord.

– Ma mère pense que j'ai besoin d'avoir des...

« Relations Sociales Enrichissantes », acheva-t-il en levant deux doigts de chaque côté du verre pour mimer des guillemets.

Cy soupira :

– Je reconnais bien là ma petite sœur. Elle veut toujours tout arranger. Même les trucs qui n'ont pas besoin de l'être. Et toi, tu n'as pas l'air d'en avoir besoin.

Cette gentillesse inattendue toucha Ware en plein cœur. Son oncle ne pensait pas qu'il nécessitait d'être amélioré. Les larmes lui montèrent aux yeux.

– Sauf si elle a raison. Peut-être qu'il y a quelque chose qui cloche chez moi.

Cy posa sa bière. Il ôta ses lunettes, les nettoya sur l'ourlet de son T-shirt, puis les remit et regarda Ware d'un air interrogateur.

Et à son propre étonnement, Ware lui raconta tout. Combien il se sentait différent des autres enfants, qui s'agglutinaient en bande et fonçaient dès qu'il fallait faire quelque chose. Sa tendance à d'abord étudier la situation un peu à l'écart, pendant un certain temps, à faire du repérage du haut de son beffroi. Les heures qu'il passait tout seul à fabriquer des choses, ou simplement à réfléchir, sans s'ennuyer.

Finalement, il avoua le pire à son oncle :

– Elle voudrait avoir un enfant normal.

Cy fronça les sourcils.

– Difficile à croire. Elle parle de toi sans arrêt.

– Je t'assure. Je l'ai entendu dire que j'étais asocial. Comme si j'avais une maladie.

Il retint son souffle. Son oncle joignit ses longs doigts contre ses lèvres :

– Si c'est une maladie, je l'ai eue toute ma vie.

L'espoir remplit Ware, à tel point qu'il ne put pas répondre. Cy hocha la tête.

– Tout ce que tu viens de raconter… on dirait que c'est moi que tu décris. En fait, on dirait que tu décris toutes les personnes avec qui je travaille. Les musiciens, les chefs opérateurs, les écrivains. Toute cette tribu. On dirait que tu décris un artiste.

Aussi brutalement qu'il l'avait envahi, l'espoir de Ware s'écroula. Il fixa le sol.

– Je ne sais pas dessiner.

Cy haussa les épaules.

– Il y a plein de sortes d'artistes, tu sais. Une fois, poursuivit-il en croisant les bras derrière sa tête, alors que tu étais à peine haut comme trois pommes, je suis allé voir Grand Manitou. Ta mère et ton père étaient là, eux aussi. Nous étions venus pour l'aider à déménager à Sunset

Palms. Un jour, je suis sorti avec toi, pour soulager un peu tes parents. Je t'ai emmené voir l'océan. C'était la première fois que tu y allais. Tu t'es raidi d'un coup, comme si on t'avait électrocuté. Des yeux comme ça. Et après, tu n'arrêtais pas d'essayer de boire l'eau.

Ware se reconnut dans cette anecdote, avec la même petite secousse que quand il passait inopinément devant un miroir. Mais bien sûr, vouloir boire l'eau de mer était une folie. Cy devait trouver ça ridicule, lui qui fréquentait des festivals de cinéma avec des stars, qui était presque célèbre lui-même, et qui leur envoyait des cartes postales du Maroc, de Hong Kong, de Calcutta, des lieux qu'il fallait chercher sur un atlas.

– J'étais bizarre, hein ?

– Bizarre ? Non. C'est la première fois que je me suis dit que tu étais peut-être un artiste.

Ware s'agrippa au plan de travail.

– Comment ça ?

– Moi, quand je l'ai compris, j'étais aussi enfant. Disons huit ou neuf ans. Un ami à moi venait d'avoir un chaton. Ses coussinets étaient tellement parfaits, petits et luisants comme des grains de café, que j'avais envie de les avaler. C'est à ce moment-là que j'ai saisi. Pas que j'étais un artiste ; ça, c'est venu plus tard. Mais que j'étais différent, et que cette différence aurait de l'importance toute ma vie.

– Je ne comprends pas.

– Voilà ce qui se passe : quand les artistes trouvent quelque chose qui les touche, ils éprouvent le besoin de l'absorber, pour que ça fasse partie d'eux. Et ensuite, de le restituer au monde, traduit, de telle sorte que le monde puisse le voir également. Tu comprends ce que je veux dire ?

« Vous avez vu ça ? Waouh. »

– Oui.

– Pour ça, les artistes ont besoin de solitude. Et de silence. Soit dit en passant, il va falloir que tu te battes pour l'obtenir, car le monde adore le bruit.

Ware s'adossa au placard. Il n'avait pas réalisé à quel point il était tendu depuis qu'il avait prononcé le mot « asocial ».

– Je comprends.

– Je sais bien que tu comprends. Tu me l'as montré, aujourd'hui.

– Moi ?

– Ton terrain. Les douves, le cadran solaire, la moustiquaire-vitrail. Tu es en train de le transformer. C'est ce que font les artistes.

Ware repensa à son dessin de tigre en fuite. «Tout le monde ne peut pas être un artiste», avait dit l'animatrice.

– Mais je n'en suis pas un. Je te l'ai déjà dit, je ne sais pas dessiner. Ni écrire, ni faire de la musique, ni rien du genre.

– Pour l'instant, ton œuvre d'art, c'est ce terrain. Tu es en train de créer quelque chose. (Un sourire se dessina lentement sur le visage de Cy.) Écoute, j'ai une intuition. Voilà ce que je te propose : je vais te donner un caméscope. Rien de sophistiqué, juste l'appareil avec lequel je voyage. Je vais te montrer comment l'utiliser, t'apprendre à faire un peu de montage. Tu prends cette caméra sur ton terrain, et tu filmes ce que tu fais là-bas. Je reviendrai dans un mois ; tu me montreras ce que ça donne.

– Et tu ne diras rien à mes parents, alors ?

– Désolé, bonhomme. Je suis obligé. Sauf si tu le fais, toi.

– Non. S'ils le savent, mon père va s'inquiéter. Ma mission de l'été, c'est de ne pas leur causer de soucis. Sans compter que maman me forcerait à retourner au centre de loisirs, et Jolène resterait toute seule. Je lui ai fait une promesse. Je t'en supplie.

Cy se frotta le front, les yeux fermés. Puis il se laissa glisser par terre.

– Bon, d'accord. Le centre est juste à côté. Vas-y s'il se passe quoi que ce soit, même s'il te semble simplement que quelque chose ne va pas. Ne prends aucun risque.

À ce moment-là, la porte s'ouvrit et la mère de Ware entra.

– Bonsoir, tous les deux ! Vous êtes en grande conversation, on dirait ?

– Bonsoir, Petit Manitou, lança Cy en embrassant sa sœur. En effet, on discutait.

Elle se versa un thé glacé et s'assit à table. Cy leva son verre comme pour porter un toast :

– J'ai une bonne nouvelle, Petit Manitou, annonça-t-il en adressant un clin d'œil à Ware.

– Ah bon ? Laquelle ?

– Figure-toi que ton fils est un artiste.

Elle haussa un sourcil en regardant Ware.

– Vraiment ?

– Absolument. Et tu sais ce que ça veut dire ?

Elle secoua la tête et sirota une gorgée de thé.

– Qu'est-ce que ça veut dire ?

– Que tu as de la chance, conclut-il avec un sourire.

Ce soir-là, Ware découpa la papaye et la servit au dessert.

– C'est bon, hein ? demanda-t-il une fois que tout le monde y eut goûté. Très sucré.

– C'est vrai, convint son oncle. Extrêmement sucré.

– Et doux. C'est un fruit très doux, pas vrai ?

– Oui, Ware, particulièrement doux, répondit sa mère en lui jetant un regard surpris.

– Ça ressemble un peu au goût du melon, mais en plus melonesque encore, non ?

Son père le considéra, tête penchée.

– C'est toi qui l'as fait pousser, ou quoi ? Tu es devenu producteur de papayes, maintenant ?

Ware baissa le menton, mais il sourit intérieurement. Il était producteur de papayes, maintenant.

# 35

Un objectif de caméra révèle la valeur de certaines choses, y compris quand elles semblent banales. De même, on pourrait marcher toute la journée sur une plage de galets gris, ce n'est qu'après en avoir ramassé un pour l'étudier qu'on remarquerait qu'il n'y en a pas un seul autre identique.

Tout le suppliait d'être filmé, de se voir accorder cette attention.

– Ne t'inquiète pas, tu couperas tout le superflu quand tu sauras quel est ton sujet, lui avait conseillé Cy. Commence par tourner autant que tu veux.

– Qu'est-ce que tu vas mettre dans ta vidéo ? lui demanda Jolène le premier jour.

Ware réfléchit avant de répondre :

– Tout ce qui me touche.

– Qui te touche ?

– Qui me fait sentir quelque chose. Voilà ce que je veux filmer.

Et c'est ce qu'il fit.

Il filma Jolène, occupée à extraire un cylindre de terre d'une boîte de ChipNutz si délicatement que la petite tige naissante au centre n'était même pas secouée, avant de le planter en pleine terre dans la tranchée. Il la filma en train de soulever le marteau de Mme Stavros au-dessus de sa tête pour l'abaisser pile au bon endroit. Il la filma qui levait victorieusement le poing ensuite, systématiquement.

Il filma une rangée de fourmis qui emportaient des minuscules morceaux de pastèque pris sur la pile de compost. Il filma un ruban vert effiloché qui flottait dans la brise, accroché au toboggan écrasé. Il tria les boîtes de photographies et en sortit les scènes dont les châtelaines se seraient inspirées pour leurs tapisseries. Il les aligna et zooma sur chacune tour à tour. Il choisit une papaye et fit un gros plan sur elle jour après jour.

– Tu vas devenir une star, promit-il à la chanceuse. Tu vas grandir devant la caméra.

Très vite, il eut l'impression que l'appareil faisait partie de son corps. Chaque jour, il aurait pu continuer ses prises de vues bien après le passage du bus si sa montre n'avait pas sonné. Et dès qu'il rentrait à la maison, il allait droit à l'ordinateur pour voir ce qu'il avait réussi à obtenir.

La lumière posait un problème. Certaines choses semblaient délavées sous le soleil écrasant ; d'autres, dans l'ombre, manquaient d'intensité. Un morceau de tableau en liège résolut ces deux problèmes, soit en cachant le soleil, soit en servant de réflecteur, une fois couvert de papier d'aluminium. Le panneau d'affichage constituait également un fond parfait pour tout ce qui se perdait dans le paysage. Ware enveloppait son T-shirt autour du micro quand le bruit de la rue le dérangeait, et commença à faire des expériences avec les boutons : mise au point, fréquence d'affichage, balance des blancs.

À la fin de la semaine, ses films ressemblaient à ce qu'il imaginait dans sa tête. Le moindre plan semblait dire : «Vous avez vu ça ? Waouh ! »

Cy l'avait averti que le plus difficile serait la post-production. « Il faut accepter de couper au montage plein de trucs super. »

Ware n'était pas encore prêt à trier, car il ne savait pas quel serait son sujet. Mais Cy avait beaucoup insisté sur les « moments décisifs », et il espérait réussir à en capturer quelques-uns.

– J'aurais bien aimé voir la boule de démolition, dit-il un jour à Jolène.

– Ça m'étonnerait. C'était affreux.

– D'accord, c'est vrai, j'aurais détesté. Mais j'aimerais bien avoir la vidéo.

Jolène haussa les épaules.

– C'est passé à la télé. Tu peux sans doute la chercher sur Internet.

Il s'y employa l'après-midi même. Il trouva non seulement les reportages des chaînes d'info, mais aussi des vidéos postées par des badauds.

Jolène avait raison. C'était affreux. Un balancement, crac, BOUM. Un coup de canon dans le cœur, chaque fois.

Mais ça le touchait.

Il leva sa caméra devant l'écran de l'ordinateur et filma.

# 36

Ware était assis sur un parpaing, le menton posé sur sa paume. Cy avait jugé que son neveu était en train de transformer le terrain, mais était-ce vrai ? L'ancien square s'était métamorphosé en verger luxuriant. Ware avait passé le râteau sur l'herbe haute à l'avant de l'église pour dessiner des motifs médiévaux. Il avait terminé sa moustiquaire-vitrail et fabriquait actuellement une armure avec des plaques de cuisson cabossées et un rouleau de papier d'aluminium. La construction de la douve progressait, et on pourrait bientôt la remplir d'eau. Mais, au milieu de tout cela, le bâtiment représentait une fausse note.

Sa forme, suffisamment ressemblante à un château fort,

avec ses murs crénelés et sa tour, cadrait assez bien avec le reste. Mais la couleur ? Le rose ne convenait pas du tout. Les châteaux médiévaux s'élevaient au centre des terres seigneuriales et étaient construits avec des matériaux naturels. De l'argile, de la pierre. Les châteaux avaient la couleur des cailloux.

Des cailloux !

Ware se leva et se dirigea vers le verger. Il donna un petit coup de pied dans la montagne de terre sableuse que Jolène avait créée en creusant les tranchées.

– Comment tu as appelé ce truc ?

– Des miettes de cailloux. Totalement inutile.

– Peut-être pas.

Il retourna dans l'église et s'empara d'une marmite cabossée, d'une cuillère en bois et d'un balai à franges. Ensuite, il remplit la casserole de terre, y versa un peu d'eau avec le tuyau d'arrosage et mélangea.

Une fois la mixture achevée, il emporta la marmite vers le mur ouest de l'église, encore à l'ombre, et entreprit de jeter de la boue sur le mur. Mais celle-ci glissa sur la surface lisse jusqu'au sol, ne laissant rien d'autre qu'une trace rosâtre dégoûtante.

Si l'emplâtre glissait par temps sec, comment résisterait-il à tout un été de soirées orageuses ?

Ware se rappela alors un concours de statues de sable auquel il avait assisté une année auparavant. Quand il avait demandé à la gagnante comment ça tenait, elle lui avait chuchoté :

– Colle Elmer. Mélangée à de l'eau.

Il retourna dans l'église et alla chercher la grosse boîte de colle. L'étiquette arborait une marque différente, mais cela restait de la colle.

Quand il en eut ajouté au mélange, il recommença à étaler de la boue gluante sur le mur à l'aide du balai à franges. Il remarqua que Jolène se levait de temps en temps en faisant mine de s'étirer, mais il savait qu'elle l'espionnait.

Il continua.

Deux heures plus tard, n'ayant fait des pauses que pour filmer ses progrès, il avait recouvert tout le mur aussi haut qu'il pouvait l'atteindre.

Pour la partie au-delà, il trouva une solution inspirée par le Moyen Âge. Il venait de finir d'installer la branche fourchue en forme de Y, le câble élastiqué et la passoire, quand Jolène renonça à l'observer discrètement et vint le rejoindre.

Elle examina le mur à moitié couvert de boue.

– Tu es cinglé, dit-elle sur un ton d'évidence, comme si elle lui annonçait que le ciel était bleu.

Ware fit quelques pas en arrière pour voir les choses à sa manière.

– J'imagine que oui.

– Sérieusement. C'est ça, ton problème.

– Tu as sans doute raison.

Elle désigna la catapulte, interrogatrice.

– Une sorte de fronde géante, expliqua-t-il, tête baissée.

– Montre-moi.

Ware remplit de boue quelques sachets en plastique transparent, les plaça dans la passoire, tira sur l'élastique et lâcha tout. Les sacs explosèrent contre le mur de l'église avec un plaf satisfaisant.

– Vraiment dingue.

– Je sais.

Jolène secoua la tête et leva théâtralement les yeux au ciel. Puis elle l'écarta d'une bourrade.

– Il vaut mieux que je t'aide.

Il s'avéra que Jolène était naturellement douée avec la catapulte. Cependant, même à deux, il leur fallut un certain temps. Le soleil de midi était juste en train de s'élever au-dessus des créneaux quand une ultime tache marron recouvrit la dernière trace de rose.

Ils retournèrent jusqu'au parpaing qui servait de siège à Ware et s'y assirent ensemble.

Non plus lisse et rose, la façade ouest de l'église était désormais irrégulière et beige, d'un aspect crédible pour le Moyen Âge. Quelques sachets en plastique étaient restés collés, ce qui formait ici et là des taches luisantes qui reflétaient joliment la lumière du soleil.

– Waouh ! fit Jolène.

– Waouh ! confirma Ware.

Au bout de quelques minutes de contemplation admirative, elle demanda :

– Il y avait des drapeaux sur les châteaux forts, non ?

– Si.

Une fois découpées en triangle et accrochées à des bâtons, les nappes à carreaux rouges conviendraient parfaitement. Ware se les représenta claquant au vent en haut des créneaux et, tout à coup, en dessous, il vit des chevaliers galoper sur des destriers caparaçonnés, entendit le tintement des épées, sentit le fumet des cochons rôtis.

Jolène lui donna un coup de coude.

– Je disais : les gens les verraient de la rue.

– Oh, désolé, je rêvassais.

Et puis il se reprit. Non, il n'était pas désolé.

– Je rêvassais, répéta-t-il, et c'était chouette. Mais tu as raison, pas de drapeaux.

– Et tu ne peux pas recouvrir de boue l'avant de l'église.

Ce fut plus dur à avaler, mais il finit par promettre :

– Non. Pas encore.

# 37

Le lendemain matin, Ware demeura un moment sur la branche du chêne, admirant le mur marron. L'église donnait désormais une impression de puissance et de défi, comme les forteresses d'autrefois, comme un poing de roche jaillissant du sol.

Il s'apprêtait à sauter de l'arbre quand il entendit le grincement des freins d'une voiture. Un bruit pressé. Et familier.

Ayant jeté un coup d'œil en arrière, il retint une exclamation affolée.

Sa mère.

Ware s'enfonça sous les feuilles et l'observa. Elle éteignit le moteur et, lorsqu'elle se retourna pour ouvrir la portière, il sauta de la branche et bondit derrière l'arrêt de bus.

Sa mère attrapa son sac et se mit en marche vers le centre de loisirs avec le pas déterminé de quelqu'un qui a un projet de vie. Visiblement, son projet était de vérifier que son fils était là où il était censé être.

– Maman ! l'appela-t-il.

Elle se retourna, une main en visière pour se protéger du soleil.

– Ware !

Le garçon se hâta de la rejoindre dans l'allée. Autant éviter une scène à l'intérieur. Ce serait bien pire sous le regard de tous les enfants.

– Ware, j'étais déjà au bout de la rue quand je me suis rendu compte…

– Je sais, je sais, dit-il en levant les mains.

– … que je ne t'avais pas donné ta carte de transport pour le mois d'août, acheva-t-elle en la sortant de son sac. J'avais peur que tu… Attends un peu. Comment ça, tu sais ?

– Alors…

Il jeta un coup d'œil au chêne. Par où commencer ?

Un bruit de vélo lui fit gagner quelques secondes. Une fille attacha sa bicyclette et se dirigea vers le centre. Ware leva la main. La fille eut l'air étonnée, mais elle lui rendit son geste. Ware recommença à respirer.

– Oh, mon Dieu, lâcha sa mère. Tu t'en es aperçu, toi aussi ! Tu t'es dit : « On est le 1er août, comment est-ce que je vais rentrer à la maison ce soir ? », et c'est pour ça que tu es allé à l'arrêt de bus. Pour trouver une solution !

– Euh...

Ware dévisagea sa mère. Les petits plis qui ridaient son front depuis le début de l'été s'étaient détendus.

– C'est ça, confirma-t-il. Je me suis dit qu'il y aurait peut-être une affiche...

Elle tendit la main comme pour lui caresser le visage, puis interrompit son geste, comme si elle venait de se rappeler qu'il était grand.

À ce moment-là, une voiture se gara à côté. Le garçon au long cou, Ben, en sortit. Il se pencha vers la voiture et sourit au conducteur.

Une fois de plus, Ware se reconnut en Ben et grimaça intérieurement. Car le sourire de Ben était le même que Ware avait affiché chaque matin quand on le déposait ici, quand il y entrait réellement. « Ne t'inquiète pas, disait ce sourire. Tout va bien. Les gens m'aiment bien. Je suis comme les autres. » Comment se faisait-il que personne ne voie à quel point ce sourire sonnait faux ?

Cependant, le sourire de Ben devint sincère quand il se retourna et vit Ware, qui le lui rendit.

– Salut, Ben.

– Salut. À tout de suite !

Il se tourna vers sa mère et prit la carte de transport.

– Je dois y aller.

Sa mère fit un pas, mais elle s'arrêta.

– Tu as tellement changé, cet été. On dirait un nouveau Ware.

Pris par surprise, il confirma :

– J'essaie, maman, pour de vrai. D'être quelqu'un de différent. Je sais que tu voudrais que je change.

– Je m'en rends compte. Le matin, quand je te dépose ici, tu as l'air heureux. Tu ne t'es pas plaint une seule fois de devoir venir. Tu t'es fait des amis. Et on dirait que tu as mûri, aussi.

– Tu trouves ?

– Le fait de penser à la carte de transport, par exemple… C'est comme si tu étais plus présent.

– Comment ça, « présent » ?

– Tu sais bien. Tu as toujours été… dans ton monde, en quelque sorte.

« Dans ton monde. » Sa mère ne lui avait jamais dit ça, en tout cas pas sur ce ton négatif, comme si c'était un aspect de sa personnalité dont il devrait avoir honte. Quelqu'un d'autre avait utilisé cette expression sur le même ton, récemment. Il ne se rappelait pas qui, mais il se rappelait qu'il n'avait pas apprécié.

C'était vrai, il avait changé, cet été. Il passait davantage de temps dans son monde. Et il avait découvert qu'il n'en avait pas honte. Il avait découvert qu'il s'y sentait vraiment bien.

# 38

Au Moyen Âge, les douves étaient répugnantes, et Ware ne l'ignorait pas. En gros, elles faisaient office d'égouts pour le château. Mais Jolène et lui n'étaient pas en train de réaliser des douves ordinaires. Ils fabriquaient une énorme cuve magique. Et quelles que soient les caractéristiques de l'eau bénite, la saleté n'en faisait pas partie.

Il aborda le sujet avec Jolène :

– On va bientôt pouvoir remplir le fossé. Mais d'abord, il faut qu'on y mette des plantes filtrantes, pour qu'il reste propre.

Jolène haussa les épaules.

– On a promis de recouvrir le bitume avec de l'eau. On n'a jamais garanti qu'elle serait propre.

Elle enfonça un autre clou dans la boîte de ChipNutz qu'elle tenait sur les genoux. Ware insista :

– D'accord, mais tu ne veux pas qu'il y ait de l'eau sale près de tes papayes, hein ? Il nous faut des plantes filtrantes.

– Je m'en fiche. Le jardin est en hauteur.

– L'eau sale risque d'attirer des rats.

Jolène leva le marteau et fit une mimique féroce en retroussant les babines. Elle semblait tout à fait capable d'effrayer les rats.

Ware n'avait pas l'intention de renoncer, mais il était temporairement à court d'arguments. Il prit une boîte dans la pile supplémentaire qui était apparue pendant la nuit.

– Où est-ce que tu trouves ces trucs ?

Jolène désigna le bar Grotto d'un geste de l'épaule.

– Walter.

– Mais c'est quoi, en fait ? Sur l'étiquette, on dirait des bouts d'écorce. Ça a quel goût ?

Jolène agita son marteau dans l'air, comme pour appeler l'univers à la rescousse.

– Un goût, un goût... de bacon, et de cacahuètes, et de frites, tout ça en même temps.

Cela semblait trop beau pour être vrai. Il posa la boîte et repartit à la charge :

– De l'eau polluée sentirait affreusement mauvais. Et si ça sent mauvais, quelqu'un va se plaindre. Et si quelqu'un se plaint…

– Bon, bon, d'accord !

Jolène se leva. Elle enfonça son chapeau sur sa tête et prit sa pelle.

– Quel genre de plantes ?

Ware commença à lister toutes celles qu'il avait trouvées lors de ses recherches, mais quand Jolène souffla avec impatience sur sa frange au bout de quelques noms, il simplifia :

– En gros, le genre de plantes qui pousse là où il y a souvent de l'eau, mais pas toujours.

– Je connais un endroit comme ça, grommela Jolène comme si elle ne l'admettait que sous la contrainte. Derrière mon école. Quand il pleut, ça se remplit d'eau, mais ensuite ça sèche.

– On dirait un bassin de rétention des eaux pluviales. Allons voir ça.

Jolène accepta, mais elle disparut aussitôt sous la haie.

– Je voulais dire aujourd'hui ! l'appela Ware.

Elle revint en tapotant la poche de sa salopette et trotta vers l'avant du terrain. Ware la suivit. Ensemble, ils escaladèrent la grille.

Jolène s'arrêta devant l'écriteau. Elle frissonna.

– Ne t'inquiète pas, dit Ware. On va terminer ces douves et Ashley convaincra son père de stopper les enchères.

Il appuya ses paroles d'un hochement de tête, comme si c'était un très bon plan.

Mais, au fond de lui, il avait quelques doutes.

# 39

Jolène tendit l'index à travers le grillage. Ware examina le bas de la pente. Un étang ovale s'étendait près de la route.

– Oui, c'est bien un bassin de rétention. Je vois d'ici la grille pour le trop-plein. Quelles que soient ces plantes en bas, c'est ce qu'il nous faut.

Il parvint à glisser le bout de ses baskets entre deux barreaux et escalada la barrière. Une fois au bord du terrain boueux, il s'accroupit et coucha un petit végétal sur sa paume.

– Des élodées, décréta-t-il.

– On dirait les plantes qu'on voit dans les aquariums, commenta Jolène en venant le rejoindre.

Il acquiesça sombrement :

– C'est sans doute là qu'il va falloir les prendre : dans une animalerie. J'espère que je pourrai en acheter assez. Je n'ai que quarante-sept dollars.

– En acheter ? s'étrangla Jolène.

Elle sortit son sac-poubelle noir de la poche de sa salopette et brandit sa pelle.

– C'est du vol ! protesta Ware en lui faisant signe de les ranger.

Jolène souffla avec dédain. Tombant à genoux, elle dégagea une grosse motte de terre humide odorante autour de la plante, puis elle la déposa dans son sac.

Ware s'empressa de se placer entre Jolène et la route.

– D'accord, mais si quelqu'un intervient, il va falloir qu'on remette tout.

– Personne ne nous dira rien.

Jolène avait raison. Personne ne se manifesta. Ni lors de ce voyage ni au cours des trois suivants, même si le cœur de Ware battait la chamade pas après pas.

– Tu sais quel effet il fait, ce sac ? l'avertit-il à plusieurs reprises. Il a l'air de contenir un cadavre. Espérons ne pas croiser de policier !

– Tu passes vraiment beaucoup de temps à imaginer des trucs qui ne vont pas arriver, lui reprocha Jolène.

Ware crut détecter une pointe d'admiration dans sa remarque – mais, bien sûr, il se l'imaginait peut-être.

Ils alignèrent les mottes contenant les plantes autour de l'église. Jolène sacrifia une pelletée de compost pour nourrir chacune d'elles, mais il était évident qu'il lui en coûtait.

– Maintenant, il faut qu'on les arrose, conclut-elle.

– Peut-être pas…

Ware montra le ciel. Des nuages noirs s'accumulaient à l'ouest. L'orage du soir arrivait en avance.

Il jeta un coup d'œil vers la maison de quartier. À l'intérieur, il serait au sec, mais…

Il vit Jolène regarder la porte en haut de l'escalier qui jouxtait l'enseigne du bar Grotto. Il savait qu'elle était en train de faire le même calcul que lui.

– Non, décida-t-il. Suis-moi.

Elle lui adressa un regard sceptique, mais le suivit au-dessus des décombres, puis à l'intérieur, jusqu'à la grosse table de la cuisine. Quand un éclair déchira le ciel sombre, elle se faufila dessous.

Ware se hâta vers les armoires. Il attrapa deux toiles cirées ainsi que la boîte de bouts de cierges avec le briquet, et revint en courant.

Il étala les nappes sur la table en les faisant traîner jusqu'au sol, les maintint en place avec des briques et plongea dessous juste au moment où les premières gouttes tombaient sur ses épaules.

Jolène était assise, les genoux sous le menton.

– *Sous la Table*, dit-elle d'une voix qui impliquait clairement à la fois des majuscules et des italiques, comme si elle baptisait le lieu.

Elle regarda Ware faire fondre la base des cierges l'un après l'autre et les coller au sol en demi-cercle à sa gauche, puis à la droite de Jolène, avant de les allumer tous.

La pluie tambourinait sur la table. Les bourrasques faisaient glisser les débris sur le sol et frémir la flamme des bougies. Un courant d'air leur apporta une odeur de terre fraîche venue du jardin de Jolène, qui se mêla à celle de la cire. Ware ajusta les nappes autour d'eux.

– Tu penses que les papayers vont résister ? Ils sont plutôt... mous.

– Parfois, c'est un avantage. Le vent ne réussira pas à les casser.

Il y eut un éclair, si proche que tout prit une teinte argentée sous la table. L'atmosphère devint bleue, électrique. Le tonnerre retentit avec un grondement sourd que Ware sentit dans sa poitrine. Il s'approcha un tout petit peu de Jolène.

Les demi-cercles que formaient les bougies les

entouraient comme des parenthèses. Comme si Jolène et lui étaient des informations supplémentaires.

– Information supplémentaire, risqua-t-il, les yeux fixés sur les genoux. Mes parents voudraient avoir un enfant différent.

– Information supplémentaire, répliqua Jolène, comme si elle comprenait les parenthèses, elle aussi. Ma tante voudrait ne pas avoir d'enfant du tout.

# 40

– Des vers gris.

Jolène regarda avec rage les papayers qu'elle avait plantés quelques jours plus tôt. La moitié d'entre eux gisaient sur le sol, fanés. Elle lâcha une bordée de jurons.

– Tu ne devrais pas prononcer ces mots-là ici, marmonna Ware.

– Je t'ai déjà dit qu'il n'y a plus rien de sacré ! (Nouveau juron.) Ils grignotent les tiges. D'après Mme Stavros, il faut que je pose des colliers autour. Elle m'a conseillé d'en faire avec des gobelets en carton. On en a ?

– Peut-être.

Ware escalada les décombres et fouilla dans les ruines

de la cuisine. Il revint avec un carton appelé «Gobelets de Sainte Cène».

– Tiens. Ce n'est pas trop petit?

– Non, non. Les vers gris ont des pattes très courtes.

Elle tendit un couteau rouillé à Ware avec un ordre :

– Découpe le fond et fends les côtés.

Ware posa l'un des minuscules gobelets en carton sur un parpaing et entreprit de le scier. Jolène, elle, s'agenouilla, déterra un pissenlit avec sa pelle et l'emporta pour le replanter à l'avant de l'église. «Ce sont des jolies fleurs, avait-elle expliqué quand Ware l'avait interrogée, la première fois qu'elle avait agi ainsi. Ce n'est pas sa faute si elle a poussé au mauvais endroit. Elle ne mérite pas qu'on la tue pour autant.»

Ware jugeait ce sauvetage de pissenlits ridicule, mais il fallait admettre que ça habillait élégamment l'avant du château.

Une minute plus tard, elle revint.

– Tu sais comment les gens se débarrassaient des ordures à New York, autrefois?

Ware, qui s'acharnait sur le couteau, n'était pas d'humeur à l'écouter. La sueur lui coulait sur les yeux, la lame était émoussée et les gobelets, glissants. Il démolissait la moitié de ceux qu'il tentait de découper.

– Grâce aux cochons, déclara Jolène comme s'il l'avait suppliée de continuer. Par exemple, le lundi, les habitants d'un quartier jetaient leurs ordures dans la rue, et la ville y lâchait un troupeau de cochons. Le mardi, on passait à un autre quartier, et cætera.

– Ah. Génial, répondit Ware sans lever les yeux. Tu en veux combien, des colliers ? Je suis en train de me faire une ampoule.

– Génial ? Génial ? Pas pour les cochons ! Tu imagines le genre de trucs qu'on balançait dans la nature, à l'époque ?

Ware haussa les épaules et continua à massacrer des gobelets. La Sainte Cène était le moment de la communion où on partageait le pain et le vin qui représentaient le corps et le sang du Christ ; cela, il le savait. Il lâcha le couteau et regarda les palmiers. Ils semblaient secouer leur feuillage, désapprobateurs.

– Jolène, tu crois qu'il reste quelque chose de sacré ici, mais caché ? Et qu'on est censés le trouver ?

Jolène lui tapa sur les baskets avec sa pelle.

– Comment est-ce qu'un cochon pourrait savoir si quelqu'un avait jeté quelque chose de toxique ?

Ware recommença à découper.

– Ou quelque chose d'horrible, reprit-elle. Comme…

Il comprit trop tard où elle voulait en venir. Elle acheva :

– Comme des os humains ?

– Tu es obsédée, lâcha-t-il en levant enfin les yeux sur elle.

– Oui ! admit-elle avec un sourire victorieux. Alors résigne-toi. Appelle-la, et demande-lui où ils sont.

– Je ne peux pas. Elle est dans un centre de convalescence quelque part dans le quartier, mais elle n'a pas le téléphone.

Ware toucha doucement la cloque douloureuse qu'il venait de se faire à la base du pouce.

Jolène s'assit sur ses talons.

– C'est là-bas qu'elle a été opérée ?

Ware, entouré de gobelets mutilés, se sentit mal à l'aise.

– Non. C'était ailleurs. Mais maintenant, on l'a amenée là-bas.

– Et les autres gens qui y logent ? Est-ce qu'il leur manque des trucs ?

– La femme qui partage sa chambre n'a plus qu'un seul rein, admit-il. Mais peut-être qu'elle est née comme ça.

Les yeux de Jolène reluisirent. Elle murmura :

– Un rein… Autre chose ?

Répondre à la question de Jolène ne pouvait donner rien de bon. Ware le savait. Mais il avait entendu sa mère dire quelque chose à son père, la veille au soir, et ça sortit tout seul :

– Il y a un vieux auquel il manque une jambe. Il est allé voir ma grand-mère avec son fauteuil roulant, à l'heure du déjeuner, et il l'a invitée à faire une « danse horizontale » avec lui. Elle lui a jeté sa compote à la figure.

Jolène lâcha le gobelet qu'elle tenait.

– Deux cols du fémur, un rein et une jambe ? Au même endroit ?

Ware ferma les yeux et attendit.

– Trouve l'adresse, commanda Jolène. On ira demain.

# 41

– Quoi ? Qu'est-ce que cet emballage de barre de céréales peut avoir d'intéressant ?

Sans répondre, Jolène lissa le papier sur le banc aussi soigneusement que si c'était une carte au trésor.

Ware abaissa sa casquette sur son front. Depuis que Jolène avait pris sa décision, il s'était rongé les sangs en pensant à tout ce qui pourrait mal tourner. Pour la centième fois, il tenta de se rassurer en se disant que tant que Jolène et Grand Manitou ne se croisaient pas, tout irait bien.

Il jeta un regard en coin vers la maison de quartier. À l'heure du déjeuner, Mme Sanchez devait être occupée à empêcher les jets de briques de lait à travers le réfectoire, mais on ne savait jamais.

À côté de lui, Jolène se pencha sur l'emballage. Il commenta :

– Il y avait un chat qui habitait près de chez nous. Il passait son temps à regarder fixement le mur. Pendant des heures. On pensait qu'il avait reçu un coup sur la tête quand il était chaton.

La cinquième règle du code de chevalerie imposait : « Tu n'offenseras jamais gratuitement ton prochain. » Il savait que ses mots constituaient une offense, mais il ne pouvait pas s'en empêcher.

Jolène posa un doigt sur le papier et leva la tête. Ses lunettes ressemblaient à des cercles de glace.

– Ou alors, ce chat était un génie. Peut-être qu'il avait compris que, s'il regardait le mur, tu arrêterais de l'embêter et tu le laisserais vivre sa vie de chat, au lieu de vouloir qu'il devienne autre chose.

Ware consulta sa montre. Encore deux minutes avant le bus.

– Je n'aurais pas fait ça. Ce n'est pas mon genre.

– Si, si. Tu veux qu'une église en ruine soit un château. Tu veux que des plaques à biscuits cabossées soient une armure. J'ai vu la moustiquaire : tu veux que des bouts de verre cassés soient une fenêtre magnifique en pierres précieuses. Tu veux que le monde soit juste, alors qu'il ne l'est pas.

Difficile de contester ce dernier point. Ware voulait effectivement que le monde soit juste. Et c'était injuste que tant de gens ne souhaitent pas le rendre plus juste.

– Tu trouves mon vitrail magnifique ?

Jolène aplatit l'emballage, se pencha encore plus bas dessus.

– Sérieusement, qu'est-ce que tu fais ? demanda-t-il.

Elle souffla sur sa frange.

– J'essaie de savoir d'où vient ce machin. Où il était, avant. Par exemple, est-ce que le papier a été fabriqué avec un pommier quelque part dans le Nord ? Cette couleur bleue, est-ce qu'elle vient d'une turquoise à l'Ouest ? Tout était autre chose, avant. Et parfois, quand on regarde assez attentivement un objet, on le voit. On distingue toute son histoire.

Le bus s'arrêta devant eux. Jolène jeta l'emballage à la poubelle. Ware la suivit dans le bus, pensif. Il regarda les immeubles défiler, chacun constitué de matériaux qui provenaient d'ailleurs.

– Jolène, si tout a été autre chose avant, alors tout deviendra autre chose après.

– Bien sûr. Recyclage.

– Même les gens.

– Surtout les gens.

# 42

« Tout a été autre chose avant et deviendra autre chose après. » Ce concept avait explosé et pris une telle place dans son cerveau que Ware oublia de s'inquiéter au sujet de la venue de Jolène au centre de convalescence pendant tout le trajet en bus.

Cependant, dès qu'ils pénétrèrent dans le hall lumineux de la maison de convalescence Nouveaux Horizons, ses craintes revinrent. Il adressa un regard d'avertissement par-dessus son épaule. Jolène leva ses mains jointes vers son menton et ses yeux papillotèrent innocemment. Ce qui était tout sauf rassurant.

– Nous sommes venus rendre visite à ma grand-mère, annonça-t-il à l'hôtesse d'accueil, qui était en train de manger un sandwich œuf-salade.

Elle s'interrompit, le sandwich levé. Elle portait un foulard bleu pâle moucheté de taches jaunes, à croire qu'elle mangeait souvent des sandwichs aux œufs. Ses yeux plissés le fixèrent derrière un réseau de cils noirs, comme si elle l'observait à travers une toile d'araignée.

Ware n'aimait pas beaucoup les araignées. Il répéta :

– Ma grand-mère. Nous sommes venus lui rendre visite.

Il donna le nom de Grand Manitou. La femme posa son sandwich.

– Comme c'est gentil.

Le ton qu'elle avait pris laissait entendre ce qu'elle pensait vraiment : «Oh, la barbe, juste au moment où j'essayais de déjeuner tranquillement.» Elle poussa un porte-bloc devant elle.

– Remplissez le registre, s'il vous plaît.

Ware inscrivit leur nom, puis se retourna. Jolène était déjà presque à l'autre bout du hall. Il lâcha le stylo et la rattrapa.

– Pas de bêtises, hein ? Tu es juste venue pour obtenir cette… information que tu veux. On se retrouve dans le hall, près de…

– Des poubelles !

Jolène montra un couloir latéral, et elle s'éloigna.

# 43

Ware se figea sur le seuil, bouleversé. Sa grand-mère lui avait tant manqué.

Les lits de la chambre étaient entourés de barrières métalliques qui leur donnaient l'apparence de berceaux géants. Allongée dans le sien, Grand Manitou avait l'air trop petite, tel un bébé ridé. Ses cheveux, qu'il n'avait jamais soupçonnés d'être une perruque, étaient posés sur une lampe sur la table de chevet. Son crâne était recouvert d'un fin duvet gris, comme si le bébé ridé avait pris la poussière.

Elle lâcha un léger ronflement, et la peau de son cou trembla. Ce tremblement fit mal à Ware, quelque part en pleine poitrine. Il ne s'était pas constitué le défenseur des faiblesses de sa grand-mère à l'époque où il aurait dû, mais il pouvait encore y remédier. Il entra sur la pointe des pieds et remonta le drap jusqu'à son menton.

Grand Manitou se réveilla en sursaut.

– Oh, Ware ! Quelle bonne surprise !

Elle jeta un coup d'œil à la porte. Il expliqua :

– Je suis venu tout seul. Maman travaille sans arrêt.

– Je sais. Ils triment tous les deux, les pauvres.

Grand Manitou attrapa sa perruque sur la lampe et la mit. Aussitôt, elle fut de nouveau elle-même. Magie des cheveux.

Ware se lança :

– Je suis désolé de t'avoir laissée seule ce soir-là, Grand Manitou. J'aurais dû savoir que tu risquais de tomber. J'aurais dû…

– Ridicule, l'interrompit-elle en balayant l'air de la main. Comment aurais-tu pu savoir ?

En effet, comment ? C'était bien la question.

– N'empêche. Si j'avais fait attention, tu ne serais peut-être pas là maintenant. Est-ce que c'est horrible, ici, Grand Manitou ?

– Oh, non, c'est tout à fait correct. Mais on pourrait espérer avoir un peu de bacon de temps en temps ! ajouta-t-elle en tournant la tête vers la porte, assez fort pour faire glousser un vieux monsieur qui passait.

Ware se laissa tomber sur le fauteuil en plastique près du lit. Il désigna l'autre berceau géant du menton.

– Où est la dame qui partage ta chambre ?

– Dialyse.

– Et ça, c'est quoi ? demanda-t-il en montrant ce qui ressemblait à un écran de télévision couvert de traits lumineux, derrière sa grand-mère.

– Ça ? Oh, c'est une preuve.

– Une preuve ?

– Que je suis vivante. Ce matin, j'avais des vertiges, donc on m'a branchée là-dessus. Dans ce genre d'endroit… (Elle se pencha à nouveau vers la porte et plaça une main en porte-voix autour de la bouche.)… où il n'y a *pas moyen de manger du bacon*, on doit prouver qu'on est vivant. Peux-tu me passer mon sac, Ware ?

Ware le lui donna, et elle fouilla dedans jusqu'à ce qu'elle trouve un rouge à lèvres. Pendant qu'elle l'appliquait, il réfléchit à ce que pouvait bien être un endroit où quelqu'un devait prouver qu'il était en vie. L'idée ne lui plaisait guère.

– Tu as eu peur ?

– De ça, tu veux dire ? demanda-t-elle en tapotant ses hanches.

– Oui.

– Un peu, j'imagine. Mais ensuite, ta mère est venue. Ne pas être seul améliore beaucoup les choses. Sans parler de Mme Sauer. Elle n'a quasiment pas quitté mon chevet. Elle continue à venir me rendre visite deux fois par semaine. Et ce n'est pas rien : deux heures de voiture, à l'aller comme au retour.

Ware serra les lèvres avant de reprendre un air neutre, mais elle s'en aperçut :

– Je t'ai vu. Qu'est-ce que tu as contre Rita ?

– C'est elle qui a quelque chose contre moi.

Grand Manitou agita la main.

– Oh, elle est un peu grincheuse, c'est tout.

Ware savait qu'il aurait dû laisser tomber. Il était venu pour soutenir sa grand-mère, pas pour l'agacer. Mais la huitième règle du code de chevalerie stipulait : « Tu combattras l'injustice chaque fois que tu y seras confronté », et c'était le cas à présent.

– Et les jumelles qui venaient voir la voisine ? Mme Sauer leur a préparé un gâteau. Je l'ai vue le leur apporter. Elle se montre aimable avec les filles, donc.

Grand Manitou tapota les draps jusqu'à ce qu'elle trouve la télécommande du lit. Elle appuya sur un bouton, et son buste s'éleva majestueusement jusqu'à ce que son visage se trouve en face de celui de Ware.

– Ces deux petites ne sortaient presque jamais, sauf pour faire un puzzle sur la terrasse de temps en temps. Peut-être que Rita apprécie les enfants calmes et discrets ?

Ware pianota avec ses doigts sur l'accoudoir du fauteuil. Il aurait vraiment dû se taire. Mais il ne pouvait pas :

– Non. Je crois qu'elle ne m'aime pas, moi.

Tout à coup, il se rappela qui avait dit : « Toujours dans son monde » sur ce ton réprobateur. Mme Sauer, quand il était sorti de la piscine.

– Elle se comporte comme si j'avais fait quelque chose de mal, Grand Manitou.

– Dans ce cas, tu devrais lui poser la question la prochaine fois que tu la verras. Et dis-moi, à propos de filles calmes et discrètes, qui est ton amie ?

Ware se sentit rougir.

– Mon amie ?

– Celle qui traîne dans le couloir depuis que tu es entré et qui nous jette un coup d'œil de temps en temps. Salopette, blonde, rien que la peau sur les os.

Ware se leva et passa la tête dans le couloir. Aucun signe de Jolène.

– Tu l'as aperçue ?

– Tu vois ces miroirs, en haut ?

Il leva les yeux et acquiesça.

– Leur but est de permettre aux aides-soignants de voir les brancards qui arrivent à l'angle du couloir, pour éviter de leur rentrer dedans. Il est possible que j'en aie déplacé un ou deux avec ma canne sans le faire exprès... Je vois absolument tout ce qui se passe à cet étage.

– Oh. Eh bien, c'est vrai, elle m'accompagne, mais ce n'est pas mon amie. Et elle est tout sauf calme.

– Vraiment ?

Grand Manitou eut l'air de grandir, comme si elle n'allait plus tenir très longtemps dans le berceau.

– Va la chercher, cette petite rôdeuse. Voyons un peu ce qu'elle a à dire.

Ware soupira, mais il se leva. Il était impossible de faire changer d'avis à Grand Manitou quand elle avait pris une décision.

Il trouva Jolène perchée sur une benne à ordures à l'arrière du bâtiment. Il la tira par la salopette, et elle se laissa glisser à terre. Elle tendit le bras pour montrer une attelle, comme si c'était un bracelet de diamants.

– On vient de la jeter. Les gens...

– Ma grand-mère m'a envoyé te chercher. Je lui dis que tu es déjà partie ?

– Elle veut me voir ?

Jolène ôta l'attelle et l'enfonça dans sa poche.

– Elle est assez directe, la prévint Ware. Elle veut tout savoir.

– Moi aussi. Peut-être que j'obtiendrai enfin des réponses.

# 44

Jolène se montra beaucoup plus polie que Ware aurait cru.

– Ravie de vous connaître, il fait chaud aujourd'hui, qu'est-ce qu'on a fait de vos os d'avant ? Euh, madame, s'il vous plaît ? lança-t-elle après les présentations.

Grand Manitou tira un peu sur sa perruque comme si elle était soudain trop serrée.

– Hum. J'ai gardé ces articulations soixante et onze ans. Je ne sais pas pourquoi je n'ai pas pensé à demander où on les emportait.

– C'est pas grave, madame, dit Jolène, toute bienveillance et amabilité. Mais vous pourriez demander maintenant ? Merci, s'il vous plaît ?

Grand Manitou secoua la tête avec un regret qui semblait sincère.

– L'opération a été effectuée dans un hôpital près de chez moi. Je ne suis venue ici que pour ma rééducation. Et pourquoi tiens-tu à le savoir, dis-moi ? demanda-t-elle en haussant les sourcils.

– Oh, oh..., murmura Ware.

Grand Manitou lui adressa un regard qui lui rappela qu'il avait autrefois peur d'elle, avant de sourire à Jolène, encourageante.

Incroyable. Sa propre grand-mère prenait le parti d'une inconnue dont elle venait de faire la rencontre une minute plus tôt.

Jolène se tint bien droite.

– Les choses s'usent, ou se cassent, ou c'est trop difficile de s'en occuper, mais ça ne veut pas dire qu'elles ne valent rien. Quand on jette un truc, j'aime savoir si ç'a été bien fait. Avec respect. Madame.

– Tout à fait admirable, approuva Grand Manitou.

Jolène tendit le menton vers le lit vide.

– Et, excusez-moi, la dame qui dort là ? Vous savez ce qui est arrivé à son rein ?

– Désolée. Nous n'avons pas eu l'occasion d'en parler. Mais j'ai une idée. Il y a un homme, ici, qui sait plein de choses. Il s'appelle Franklin. Il est généralement occupé à apporter des repas ou à ajuster les couvertures. Il travaillait autrefois dans un gros hôpital à Tampa. Tâche de le trouver ; lui, il te donnera des réponses.

Jolène murmura toute une série de «merci» et de «madame», puis fila.

– L'histoire des déchets l'obsède, l'excusa Ware quand elle fut partie. On dirait qu'elle pense que les ordures ont des sentiments.

– Et pour quelle raison ?

Ware haussa les épaules.

– Tu ne lui as pas posé la question ?

– Ha ! lança-t-il – seule réponse que cette très mauvaise idée lui inspira.

Grand Manitou pencha la tête sur le côté.

– Des problèmes avec ta petite amie ?

– Non ! Ce n'est pas ma... Elle habite derrière le centre de loisirs. Je l'aide à jardiner, c'est tout. Rien de plus.

Il se leva et regarda par la fenêtre. On s'approchait dangereusement de la question du lieu où il passait ses journées.

– Il y a un bel arbre, en bas, signala-t-il. Tu l'as vu ?

– Comment est sa famille ?

– Elle habite avec sa tante. Je parie qu'il y a plein d'oiseaux dans cet arbre ! Dis, tu savais qu'une grue du Canada pesait cinq kilos et se posait les pattes en premier ?

– Sa tante ? Et ses parents ?

– Aucune idée. Tout ce que je sais, c'est que sa tante ne veut pas d'elle.

Grand Manitou se redressa d'un coup.

– C'est horrible ! Scandaleux ! Et pourquoi ?

Il écarta les bras.

– Ware, tu ignores décidément beaucoup de choses sur cette personne qui est venue jusqu'ici avec toi.

– Elle… C'est Jolène, voilà tout. Si elle voulait me dire quelque chose, elle le ferait.

– Ne fais pas de supposition hasardeuse sur les gens, Ware. Si ça se trouve, elle ne devine pas que ça t'intéresse. Poser une question n'est jamais un tort.

Ware réfléchit à cette idée. Peut-être essaierait-il. Sans doute pas.

Il tira le fauteuil pour se rasseoir, mais Grand Manitou lui fit signe de partir.

– Va la rattraper. Je suis fatiguée. Mais reviens me voir. Et amène-la.

Grand Manitou abaissa le lit et renfonça sa tête dans

l'oreiller. La machine-à-prouver-qu'on-était-vivant émit un bip rassurant. Sa grand-mère ferma les yeux, sourit et murmura :

– Petite rôdeuse…

Ware l'entendait encore glousser quand les portes de l'ascenseur se refermèrent.

# 45

Pendant une semaine, Ware vérifia l'état des plantes aquatiques tous les matins. Les nouveaux végétaux ne semblaient pas trop malheureux d'avoir été kidnappés, mais ils ne semblaient pas non plus particulièrement épanouis. Il les filmait tous les jours, et tous les jours, ils avaient le même aspect : mouillés et verts.

Autour d'eux, le nouveau mur grandissait, comme une foule anxieuse qui se dresserait sur la pointe des pieds pour mieux y voir. Quand il fut terminé, Ware s'arrangea pour gagner encore un peu de temps.

– Un mètre d'eau, ça fait beaucoup. Une pression énorme. Il nous faut un mur de renfort ici, là où c'est profond, par sécurité.

Ils bâtirent le deuxième muret à l'intérieur du premier, en laissant entre les deux un espace qu'ils comblèrent avec des sacs-poubelle remplis de cailloux. Et à nouveau, chaque jour de cette deuxième semaine, Ware alla examiner les plantes aquatiques.

Toujours vertes et mouillées.

Il repensa à la machine-à-prouver-qu'on-était-vivant dans la chambre de sa grand-mère. Il aurait aimé pouvoir la brancher à ces plantes.

Et puis un jour, enfin, enfin, il remarqua quelque chose de différent. Il consulta les images du jour où il les avait filmées pour la première fois, pour s'en assurer, avant d'appeler Jolène à grands cris :

– Regarde, là, sur le côté ! Tu vois que le vert est plus clair ?

Jolène tomba à genoux et souleva ses lunettes de soleil pour mieux les inspecter.

– Ouaip, confirma-t-elle. Elles poussent.

– Elles poussent ! s'exclama-t-il en levant les deux poings victorieusement. On a réussi ! Le miracle de la vie !

Jolène souffla sur sa frange et leva les yeux au ciel.

– Ce n'est pas comme si tu avais inventé le jardinage, hein !

Mais elle retenait un sourire.

Il tira doucement sur une tige, qui tint bon. Elle semblait dire : « Je n'irai nulle part. Je me plais, ici. »

– Le moment est venu, annonça-t-il. Remplissons les douves.

# 46

– Tu ne le lui as jamais demandé ? Depuis le début, tu ne lui as jamais posé la question ?

– C'est de l'eau. L'eau est gratuite.

Ware croisa les bras et la fusilla du regard.

– Bon, d'accord ! capitula Jolène. Nous allons demander à Walter.

Ware jeta un coup d'œil à l'enseigne du bar Grotto. Le bec du flamant rose lui semblait soudain dangereusement pointu.

– *Nous ?*

Ce fut au tour de Jolène de croiser les bras et de le fusiller du regard. Il se rendit :

– D'accord. Nous.

Il la suivit par-dessus la clôture et à travers le parking

de l'établissement. Jolène ouvrit la porte de service et entra aussitôt, mais Ware s'arrêta pour se préparer. Il allait entrer dans un bar. Un vrai bar, interdit aux enfants. Il voulait enregistrer chaque détail dans sa mémoire.

À l'intérieur, l'atmosphère était sombre et fraîche. Pendant que ses pupilles s'habituaient à la pénombre, Ware huma l'air. Une odeur de bière, et de quelque chose qui devait avoir été de la bière autrefois. Puis il écouta les sons. Le ronronnement des ventilateurs, le claquement des boules de billard, une chanson qui semblait constituée exclusivement des mots «sans toiiiiiiiii…».

Le comptoir tout en bois avait une forme de L. Derrière, un miroir reflétait des centaines de bouteilles… et deux enfants. Jolène était naturelle, mais Ware, embarrassé, se rendit compte qu'il aurait pu tourner une publicité pour des montagnes russes. Il referma la bouche et cligna des yeux pour les renfoncer dans leurs orbites.

Derrière le comptoir, un homme à la carrure d'ours remplissait un bock à un robinet encastré dans le miroir. Il avait la tête rasée et un arc-en-ciel tatoué tout autour du cou, comme si son auréole avait glissé là. Il vit Jolène dans la glace et lui fit un clin d'œil.

– Salut, Brindille! lança-t-il par-dessus son épaule.

Approchez-vous un tabouret, tous les deux. J'arrive tout de suite.

Juste à temps, Ware comprit que c'était une plaisanterie, car les tabourets étaient fixés au sol. Il poussa un ricanement qui se voulait viril. Jolène lui adressa un regard perplexe avant de se percher sur un siège. Il l'imita.

Le barman s'approcha et s'inclina vers eux. Ses mains, de la taille de gants de base-ball, s'étalaient sur le comptoir.

– Comme d'habitude ? demanda-t-il.

Lorsque Jolène hocha la tête, il prit deux chopes et y versa un liquide pâle qui pétillait. Il coinça ensuite deux tranches d'orange sur le rebord et posa les verres sur des sous-verres où était écrit : CUL SEC !

– Walter, est-ce qu'on peut avoir de l'eau ? demanda Jolène.

Walter montra Ware de la tête.

– Toi et qui ?

– Ware. Je t'ai parlé de lui.

– Enchanté, Ware.

Walter prit deux verres et se dirigea vers l'évier, mais Jolène l'interrompit :

– Non, je voulais dire dehors. Est-ce qu'on peut prendre de l'eau au robinet dehors ?

– Bien sûr, Brindille. Il fait chaud, en ce moment. Prends-en autant que tu veux ; pas la peine de me demander.

Jolène adressa à Ware un regard triomphant. Ware l'ignora et porta son verre à ses lèvres. Sa première boisson prise dans un pub. Une limonade au gingembre. Elle avait un goût complètement différent et bien supérieur à toutes celles qu'il avait jamais goûtées. Peut-être était-ce du champagne, en fait.

Quand Jolène se mit à boire, Walter se redressa et examina les box le long du mur le plus éloigné. Ware eut l'impression qu'il avait l'air soucieux mais, aussitôt, Walter se pencha vers Jolène en souriant.

– J'ai quelques boîtes supplémentaires dans la réserve. Pendant que tu y es, écrase les cartons et mets-les au recyclage, d'accord ?

Jolène attrapa son verre et franchit une double porte battante.

À l'autre bout du comptoir, un homme chauve leva une main.

– Hé, Walter, la même chose !

Pendant que le barman s'affairait, Ware fit pivoter son tabouret pour examiner les clients. Quatre hommes jouaient au billard ; deux autres en uniforme vert s'inclinaient sur des chopes de bière à quelques mètres de lui ; deux femmes assez âgées jouaient aux cartes à une table surélevée. Neuf personnes, en comptant le chauve.

Juste à ce moment-là, la tête d'une autre femme s'éleva au-dessus de la paroi d'un box. Ses cheveux se dressaient tout autour de sa tête comme une couronne, incroyablement jaunes, mais noirs au centre. Elle but une gorgée dans une bouteille verte, balaya lentement la pièce du regard, puis se laissa retomber comme si ce qu'elle venait de voir l'avait épuisée.

Dix, donc ; douze, en comptant Jolène et lui. Ils paraissaient plus nombreux, à cause de tous ces miroirs. Les clients des pubs devaient vraiment aimer s'admirer, supposa Ware, car outre le miroir géant derrière le comptoir, les murs étaient couverts de glaces qui faisaient de la publicité pour des bières en élégantes lettres dorées. Il y avait même des miroirs-horloges. L'idée que des gens veuillent se regarder en voyant le temps passer sur leur visage étonna Ware, mais ces lieux renfermaient encore tant de mystères qui lui restaient à découvrir !

Il fit tourner son tabouret pour se remettre à l'endroit et remarqua quelque chose qui lui avait échappé : des saladiers en plastique étaient disposés devant lui, espacés de quelques dizaines de centimètres.

Des ChipNutz. Enfin. Il tendit le bras vers le contenant le plus proche, mais juste à ce moment-là, Walter revint.

– Désolé. Mon client avait un problème délicat qui requérait mon attention. (Il tira sur son oreille.) Écouteur professionnel. En gros, c'est ça, mon boulot. En plus de fournir quelques boissons rafraîchissantes de temps en temps, bien sûr.

– Et des ChipNutz, ajouta Ware en montrant le saladier le plus proche.

Il se pinça discrètement la cuisse. Il était dans un bar, en train de discuter avec un véritable barman !

Walter claqua des doigts.

– Oui ! Il ne faut jamais sous-estimer les bienfaits d'avoir quelque chose à grignoter quand on essaie de régler un problème.

Walter prit un torchon blanc et se mit à polir le bois en lents cercles parfaits, tout en expliquant :

– Imagine. Tu entres. Je te sers à boire, et je te demande : « Comment ça va, mon grand ? » Tu avales une gorgée avant de répondre : « Pas trop mal, Walter, merci. Mais j'ai un problème. » Dis-moi, est-ce que tu as un problème, Ware ?

Le garçon hocha vigoureusement la tête. Plusieurs fois, même. Sa mère, Jolène, Mme Sauer.

– OK, alors c'est là que les ChipNutz interviennent,

poursuivit Walter en faisant glisser le saladier vers lui. Prends-en une bonne poignée et mets-les dans ta bouche. Mastique pendant un moment en réfléchissant à ton problème.

Ware obtempéra. Comme l'avait promis Jolène, les chips avaient un goût de bacon, de frites et de cacahuètes, tout ça en même temps. Il n'avait jamais rien mangé d'aussi délicieux. Il mâcha pensivement.

Walter avait raison. Cela aidait vraiment à méditer.

– Les gens ont beaucoup d'attentes à mon sujet, commença-t-il. Ma mère voudrait que je sois comme elle. Elle déteste être seule, du coup elle pense que c'est mauvais pour moi aussi. Mais je ne suis pas ma mère.

– Oh là là, comme je te comprends.

Walter hocha la tête avec une expression qui parvenait à exprimer sa compassion pour toutes les injustices du monde.

Ware grignota quelques ChipNutz supplémentaires et il était sur le point d'évoquer la promesse qu'il avait faite à Jolène quand elle revint par la porte battante. Elle le regarda par-dessus ses bras chargés de boîtes et désigna la sortie de la tête.

Ware avala son soda d'un seul coup et prit son portefeuille. Walter lui fit signe de le ranger :

– Offert par la maison, mon grand.

– Merci, Walter, dit Ware d'une voix nouvelle, plus profonde, avant de sauter du tabouret.

Ware tourna l'embout du tuyau. Pendant un moment, Jolène et lui restèrent immobiles à contempler l'eau qui coulait dans l'énorme fossé vide.

– Peut-être que ce n'est pas ouvert en grand ? demanda-t-il avec espoir.

Jolène secoua la tête.

– À fond.

Il suivit son regard quand elle se détourna du tuyau pour observer les papayes, puis l'annonce des enchères sur la grille à l'avant du terrain. Il pouvait déchiffrer ses sentiments comme s'ils étaient imprimés sur son propre cœur.

– Tout prend trop de temps, lança-t-elle. Sauf ce qui va trop vite.

– Oh là là, dit Ware, comme je te comprends.

# 47

Jolène sortit un couteau et trancha un papayer à sa base.

Assis à côté de la plante, Ware lâcha le caméscope et crispa ses mains sur ses chevilles.

– Seuls les arbres femelles font des fruits, se justifia Jolène. On ne peut pas savoir s'ils le sont jusqu'à ce qu'ils fassent des fleurs. Tu vois ? Les fleurs mâles sont allongées, un peu comme des tubes. Les femelles ont des fleurs plus trapues, plus rassemblées.

Ware regarda les autres plantes, qui poussaient avec bonheur sans réaliser que la moitié d'entre elles perdaient leur temps.

– Et du coup… quoi ? Tu vas tuer tous les garçons – je veux dire les mâles ?

– Presque tous. J'en garde quelques-uns pour la pollinisation.

Elle abattit un autre arbuste qui tomba par terre, accablé par cette trahison, avec un cri que Ware fut le seul à entendre.

– Ce n'est pas leur faute s'ils ne font pas de fruits, essaya-t-il d'argumenter. Ils ne méritent pas de mourir pour autant. Peut-être que tu pourrais les planter ailleurs.

Jolène fit un signe négatif :

– On ne peut pas transplanter un papayer. Leurs racines ne le supportent pas. Voilà pourquoi je les fais germer dans des boîtes. Quand je sais lesquels ont pris, je n'ai qu'à les faire glisser dehors, sans toucher aux racines. (Elle jeta un coup d'œil vers son appartement.) Quand les gens grandissent quelque part, ils ne veulent pas en être délogés.

Ware savait qu'elle avait voulu dire « des plantes », pas « des gens », mais n'y prit pas garde.

– En tout cas, ce n'est pas juste.

Jolène posa son couteau. Elle sourit avec un émerveillement loufoque et se frappa le front.

– Ah, c'est vrai, j'oublie tout le temps qu'on est dans le monde des Bisounours !

Puis elle prit un air exagérément désolé et se corrigea :

– Oh, non, zut. On est toujours dans la vraie vie.

Ware sentit un grognement, un vrai grognement, naître dans sa poitrine.

– Et alors ? Qu'est-ce que ça peut te faire que je vive dans le monde des Bisounours ?

– Tu n'es pas réaliste, répondit Jolène en découpant une autre pousse d'un geste féroce de son couteau. Tu voudrais que les choses soient ce qu'elles ne sont pas, par magie. Il faut être réaliste pour survivre dans ce monde.

Ware se trémoussa, mal à l'aise.

– Comment ça, survivre ?

– S'en sortir. Résister. Si tu ne vois pas venir les coups durs, la vie va t'écraser.

Ware regarda autour de lui. Le fait qu'il soit entouré par des jeux d'enfants aplatis ne contribua pas à le rassurer. Ce square n'avait rien vu venir, en effet.

– Et qu'est-ce que je devrais faire ?

– Ouvrir les yeux. Te méfier de la vie qui essaie de te broyer.

Ware se leva et descendit jusqu'aux douves.

Jolène avait sans doute raison. Elle avait souvent raison. Elle ne s'était pas trompée au sujet des fonts baptismaux ; il avait vérifié ses dires sur Internet, le premier soir. Il avait aussi fait des recherches sur les ratisseurs, et sur la peste noire. Là-dessus aussi, elle savait de quoi elle parlait. Pareil pour les voleurs s'introduisant dans les décharges, et le fait que personne ne se soucie de la disparition de quelques plantes aquatiques, et l'eau du bar gratuitement à disposition.

Jolène avait toujours raison. Il devait donc renaître, non seulement comme un garçon dont les bulletins diraient : «Ware est sociable et très normal!», un garçon avec un projet de vie, capable de veiller sur sa grand-mère, mais aussi comme quelqu'un à même de regarder les choses en face et de voir la vie qui venait l'écraser. Quelqu'un de réaliste.

Il souleva le tuyau qui était en train de remplir l'énorme bassin de la seconde chance. À première vue, cette eau était parfaitement ordinaire. D'après Jolène, le prêtre avait prononcé quelques paroles importantes pour qu'elle se change en eau bénite.

Jolène et lui étaient ce que ce terrain avait de plus approchant d'un prêtre, à présent. Et le liquide provenait du bar Grotto, donc Walter devait avoir son mot à dire, lui aussi.

Il prononça d'abord une phrase pour Jolène :

– Tout était quelque chose d'autre, avant.

Puis il ajouta, pour Walter :

– Oh là là, comme je te comprends.

Il médita une minute sur ce que serait sa propre contribution. Finalement, il déclama :

– L'extérieur fait partie de l'intérieur, quand ce sont des gens.

Peut-être ces paroles n'étaient-elles pas importantes, mais elles étaient vraies.

# 48

L'eau coula trois jours et trois nuits.

Quand Ware arriva sur le terrain, le quatrième matin, il faillit tomber de la branche du chêne, comme la toute première fois.

Il alluma son caméscope, sauta à terre, traversa le jardin au pas de course, ferma le tuyau d'arrosage et franchit le pont-levis.

Ils avaient réussi. Au lieu du bitume mortel pour les grues, l'église était désormais entourée d'eau inoffensive. Elle reluisait comme du saphir liquide devant l'objectif de la caméra.

Ware aurait voulu qu'il y ait un siège derrière lui, car tout à coup il avait besoin de s'asseoir. Puis il se rendit compte que, par chance, il y avait bel et bien un siège derrière lui. Plusieurs rangées de sièges, même. De longs bancs, suffisamment nombreux pour toute une congrégation, faits exprès pour inviter les gens à contempler les merveilles du monde.

Il trouva l'extrémité d'un banc et commença à déblayer gravats, plaques de plâtre, planches, isolants et morceaux de béton. Quand il eut dégagé quelques dizaines de centimètres, il continua, car la cinquième règle du code de chevalerie disait : «Tu persévéreras jusqu'au bout dans les missions que tu entreprends.»

Une fois le banc entièrement libéré, il se dirigea vers le placard à balais et y prit quelques chiffons et produits nettoyants, avec lesquels il lustra le bois jusqu'à ce qu'il brille.

Enfin, il s'assit, pile au milieu. À l'arrière du banc face à lui était clouée une plaque de cuivre sur laquelle était gravé : « Réjouissez-vous ! » Cela ressemblait à une injonction.

Ware joignit les mains sur ses genoux. Il leva le regard sur les douves étincelantes qu'il voyait à travers les trous du mur. Et il se réjouit.

# 49

– Réjouis-toi ! ordonna Ware à Jolène quand elle le rejoignit.

Mais Jolène, arrivée en courant, n'avait pas besoin de cet ordre.

– Waouh ! s'extasia-t-elle en s'asseyant sur le banc près de lui. Et ça ne fuit pas ?

– Çà et là. Je vais reboucher les trous. On laissera le tuyau ouvert au minimum. Et de toute façon, il pleut tous les jours.

Comme pour lui prouver qu'il avait raison, un front de nuages noirs chargé de voiles de pluie s'avança vers eux.

Cela tombait bien, car Ware avait une question à poser à Jolène, et la Jolène de *Sous la Table* y répondrait. *Sous la*

*Table*, la jeune fille ôtait ses lunettes de soleil, et il pouvait lire dans son âme.

Il se leva et l'y entraîna. Lorsque les cierges furent allumés, il se lança :

– Tu disais que les gens reprenaient leurs mauvaises habitudes après avoir été plongés dans la cuve. Qu'ils recommençaient à boire, par exemple. Comment le sais-tu ?

– J'ai dit que je connaissais une personne qui faisait ça, c'est tout.

– Mais comment tu le sais ?

– Ma fenêtre donne sur le parking du bar.

– D'accord, mais et pour le reste ? Tu parlais de frapper ses enfants, de boire l'argent du loyer ?

Ware la fixa droit dans les yeux. Il lut dans son âme.

Et il y vit quelque chose de terrible. Il sut.

– Ta tante.

Jolène leva les poings, avec une férocité ostensible.

– Je suis presque aussi grande qu'elle, maintenant.

Ware se rendit compte que ses bras à lui aussi s'étaient crispés. Comme s'ils formaient une équipe.

– Et le loyer ?

– Quand mes papayes seront mûres, nous aurons toujours l'argent nécessaire.

Ware demeura muet pendant un moment. Il n'avait pas compris jusqu'ici que Jolène travaillait pour garder un toit au-dessus de sa tête.

– Tu ne perdras pas ta plantation, jura-t-il, en montrant plus d'assurance qu'il n'en ressentait.

– Je ne peux pas la perdre.

Puis elle se pencha en avant et le scruta dans les yeux, elle aussi. Comme si elle essayait à son tour de lire dans son âme.

– Pourquoi est-ce que ça t'intéresse autant ? Tu voudrais renaître, toi aussi ?

Ware détourna le regard. À ce moment-là, il n'aurait rien eu contre une paire de lunettes de soleil. Ou de membranes nictitantes. Il fixa les bougies.

– Bien sûr que non. C'est complètement idiot, de toute manière. Une baignoire pour renaître, *pff !* Et les saints, et les anges, et tout le tralala...

– Oui, c'est idiot. Sauf pour les saints.

– Je croyais que tu étais réaliste ? rit-il.

Elle haussa les épaules.

– Les saints existent. J'en vois un tous les jours.

Dès que Jolène partit pour l'épicerie grecque, Ware descendit vers les douves. Il commença à ôter son T-shirt, mais il se souvint juste à temps de ce qu'avait dit Jolène : «Le prêtre les plonge là-dedans, avec les vêtements et tout.»

Il avança jusqu'à l'endroit le plus profond, s'arrêta et s'obligea à rester complètement immobile.

«Faites que je devienne quelqu'un de différent, pria-t-il de toutes ses forces. Que je sois normal.»

Il remplit ses poumons et se laissa tomber en arrière avec autant d'espoir et de bonne volonté que possible. Il garda les yeux fermés, car il lui semblait que regarder autour de lui et profiter du paysage à un moment aussi déterminant de sa vie n'aurait pas été convenable.

Puis il se releva.

Ware étudia les différences. Il avait moins chaud. Il était moins poussiéreux. Les piqûres de moustiques ne le démangeaient plus autant. Mais avait-il changé à l'intérieur ?

Non. Il se sentait exactement pareil.

Il se hissa hors de l'eau et grimpa les marches du bâtiment.

Et pendant que ses vêtements gouttaient et formaient des flaques sur le sol de l'église, il s'aperçut qu'en réalité si, il se sentait différent. Car, pour la première fois depuis son arrivée sur ce terrain, il était triste.

# 50

– Mon père dit qu'il ne peut pas donner d'ordres à une banque. Il n'est que conseiller municipal.

Crac, BOUM ! Ware poussa un gémissement sourd lorsque son serment tomba brusquement en poussière. À ses côtés, Jolène chancela et fit un pas en arrière.

Il se redressa et commença à protester :

– Mais nous avons recouvert le bitume d'eau ! Regarde ! Les grues ne peuvent pas se faire mal, maintenant. C'était le marché.

– Hum… un conseiller municipal ? répéta Ashley. C'est quelqu'un qui s'occupe des affaires de la ville, comme les programmes ou le budget ?

À ces mots, Ware entendit un tout petit clic dans son cerveau, comme si une clef minuscule venait de s'insérer dans une bonne idée. Avant qu'il puisse y réfléchir, cependant, Jolène interrompit ses pensées :

– Tu es en train de nous dire que c'est un bon à rien, c'est ça ?

L'attaque de Jolène étonna Ware, alors qu'il aurait dû s'y attendre. Parfois, lorsque les défenseurs des châteaux forts jetaient des rochers sur leurs attaquants, ces derniers les leur relançaient.

– Non, pas un bon à rien, protesta Ashley. Mais ce n'est pas lui qui dirige la banque.

Jolène lui adressa un regard d'acier, acéré comme une lance.

– Il est inutile, donc.

Elle écrasa un moustique. Juste à ce moment-là, un groupe d'oiseaux blancs se posa sur le terrain. Ils commencèrent à gravir la pente avec détermination en direction des papayers, sur leurs longues pattes roses, en piquetant le sol de leurs longs becs roses.

Jolène souleva son chapeau et s'apprêta à foncer sur eux pour les faire fuir, mais Ashley se plaça devant elle.

– Attends. Tu devrais être contente que ces ibis soient venus. Ils mangent des insectes.

– Les vers gris ? demanda Jolène. Ils mangent aussi les vers gris ?

– Des vers ? Oui, bien sûr.

– Ce sont des chenilles, en fait.

– Hum... des chenilles ? Comme du pop-corn !

Jolène acquiesça. Mais Ware savait qu'elle garderait un œil sur ces ibis. Ils avaient intérêt à filer droit. Ashley s'avança vers les oiseaux, et Ware l'entendit les rassurer :

– Ne vous inquiétez pas. Vous pouvez rester ici. Je veille sur vous.

Jolène se tourna vers lui.

– Et maintenant ? Tu m'as fait un « serment ». Tu as dit : « Ashley convaincra son père d'arrêter les enchères. » C'était ton plan.

Ware déglutit.

– C'était mon plan A, admit-il. Le plan B sera peut-être un peu différent.

Par chance, Ashley revint avant que Jolène puisse l'interroger sur ce plan B. Elle balayait l'air de sa main devant son visage.

– Les oiseaux vous débarrasseraient un peu de ces moustiques, aussi. Une seule hirondelle noire peut en manger mille par jour.

– J'espère qu'il y en a quelques-unes qui vont venir,

alors, dit Ware en se grattant un bouton sur le bras. Ils sont terribles, depuis une semaine.

– Hum… de l'eau stagnante ? signala Ashley en désignant les douves. Vous avez construit une véritable usine à moustiques !

De l'eau stagnante. Bien sûr. Une fois par semaine, le père de Ware sillonnait le jardin dans tous les sens et retournait la moindre feuille ou le moindre bouchon susceptible de contenir ne serait-ce qu'une goutte d'eau.

– Si l'eau bouge, les œufs ne peuvent pas éclore, c'est ça ?

Page onze de son devoir, deuxième règle : « Tu te tiendras toujours prêt à aider ceux dans le besoin. »

C'était l'occasion. Il était prêt.

Menton levé, poitrine gonflée, il ôta son T-shirt et sauta résolument dans l'eau.

La galanterie n'était pas un vain mot, en fait.

# 51

Au cours des jours suivants, trouver un plan B occupa l'essentiel du temps de Ware.

C'était très satisfaisant. La plupart des scénarios impliquaient de s'enchaîner à l'église en ruine ou de s'allonger devant les papayers de Jolène lorsque les bulldozers viendraient retourner le terrain. Il tiendrait tête à ces machines, idéalement entouré d'une foule d'admirateurs fébriles, parmi lesquels se trouverait une équipe de télévision nationale, et ne montrerait aucune peur face au danger.

Dans chaque scénario, les machines finissaient par renoncer. L'admiration de Jolène ne connaîtrait plus de bornes, et elle pousserait son rire-gargouillis ; peut-être même lui prendrait-elle de nouveau la main.

Ware était toutefois conscient d'une faille dans ses projets. Même s'il avait le courage de passer à l'acte – ce qui n'était pas complètement certain –, ses parents désapprouvaient certainement l'idée qu'un enfant s'allonge devant un bulldozer, surtout si cet enfant était leur seul enfant. Être trop couvé constituait l'un des nombreux inconvénients du statut de fils unique.

Depuis toujours, Ware rêvait d'avoir un frère ou une sœur. Garçon ou fille, qu'importe. Sa mère n'aurait plus autant de temps à consacrer à son aîné ; elle serait trop occupée à planifier les heures des biberons, des siestes et des changements de couches, et, plus tard, à programmer des anniversaires, des cours de danse et des stages d'arts martiaux.

De plus, ce frère ou cette sœur adorerait le sport et, par conséquent, son père aurait enfin l'enfant dont il rêvait, assis à côté de lui sur le canapé, au lieu d'un garçon qui n'arrivait pas à retenir la différence entre une mi-temps, une manche et un set.

À moins que ce ne soit l'inverse qui se produise. Peut-être que ce deuxième enfant serait encore plus décevant que lui. « Nous n'avons pas apprécié Ware à sa juste valeur, penseraient alors ses parents. Il est parfait tel qu'il est. »

Le seul inconvénient, c'était le couchage. Sa chambre était le seul endroit sur terre où Ware pouvait être vraiment tranquille, sans que personne le regarde. Quand il refermait sa porte, la moindre cellule de son corps soupirait de soulagement. S'il devait partager sa chambre, il n'y survivrait sans doute pas.

Néanmoins, il regrettait vraiment de ne pas avoir de frère ou de sœur.

Ware se secoua. Il fallait encore qu'il ait l'idée d'un plan B.

Parfois, il avait l'impression que la réponse se trouvait juste là, devant ses yeux, au bout de ses doigts. Mais la seule chose devant ses yeux et au bout de ses doigts était un caméscope usagé tout à fait ordinaire.

# 52

Ayant l'avantage de la hauteur, les oiseaux découvrirent très vite le fossé. Ware aimait imaginer que le premier s'était arrêté en plein vol, comme dans un dessin animé – les pattes devant pour freiner, les ailes battant soudain à l'envers – et avait fait passer le mot.

Et le bouche-à-oreille avait fonctionné. Un héron goliath vint parader sur le muret ; deux ou trois cormorans se mirent à patrouiller sur l'eau ; et une volée de volatiles noir et blanc qui ressemblaient à des ciseaux s'installa à l'endroit le moins profond du fossé, tout cela le même jour.

Le lendemain, tout un groupe de perruches semblables à des citrons verts lumineux se posa sur les trois palmiers.

À partir de ce jour-là, elles vinrent tous les matins y passer quelques minutes, piaillant bruyamment chaque fois que Jolène et lui faisaient le moindre mouvement.

Peu après les oiseaux, d'autres animaux s'installèrent ; lapins, grenouilles, écureuils, libellules, scarabées et crapauds. Une semaine après le remplissage des douves, il y eut une nouvelle arrivée ironiquement tardive. Ware s'allongea sur le ventre à côté de la tortue qui rampait, la caméra pressée contre son visage.

– Eh bien, tu en as mis, du temps !

La tortue leva majestueusement la tête, regarda droit vers l'objectif, et cligna de l'œil.

Ware tapota sa carapace avec un brin d'herbe.

– Messire Clin d'Œil, je te sacre chevalier. Sois le bienvenu ici.

On ne pouvait en dire autant de tous les visiteurs. Un matin, Jolène découvrit que les dernières adjonctions à son compost avaient été subtilisées. Des empreintes ressemblant à de toutes petites mains humaines menaient vers les douves. Ware identifia aussitôt les coupables :

– Des ratons laveurs. Ils aiment rincer leur nourriture.

Il fixa ensemble cinq moustiquaires, de manière à former une cage, et la déposa sur la pile, avec une planche dessus pour la lester :

– Voilà. Toi, tu peux la soulever facilement, mais pas les ratons laveurs.

Jolène souffla sur sa frange en le regardant. Et pendant quelques secondes, dans le reflet de ses lunettes miroir, Ware vit un garçon plutôt correct.

# 53

Ashley commença à venir presque tous les jours. Elle prétendait aimer creuser, et c'était peut-être vrai, car quand on lui mettait une bêche dans la main, elle semblait toujours prête à chanter de joie. Mais Ware remarqua qu'elle s'employait surtout à transformer le terrain en refuge pour les oiseaux. Elle disséminait comme des cadeaux les vers de terre qu'ils déterraient en jardinant, et empilait des miettes de pain, des raisins secs et des graines de tournesol sur le muret. Un jour, il la vit tracer une ligne de poudre rouge tout autour du terrain.

– Du piment de Cayenne, expliqua-t-elle. Les chats détestent ça ? Sur leurs pattes ?

Ware appréciait sa présence. Son éternelle propreté

lui plaisait ; quand il lui arrivait de se faire une tache, elle avait presque l'air faite exprès, comme un bijou. Surtout, il aimait le fait qu'elle achève la plupart de ses phrases en élevant la voix, comme des questions, même si ce n'en était pas. Ça lui donnait l'impression qu'elle l'incluait dans la conversation, qu'elle voulait son opinion.

Jolène, en revanche, saisissait la moindre occasion pour se disputer avec elle, ce qui agaçait Ware de plus en plus.

– Mes arrière-arrière-arrière-arrière-grands-pères ont essayé de s'entretuer, un jour, raconta-t-il une fois à Jolène.

Cette déclaration éveilla sa curiosité :

– Pourquoi ?

– À cause de la guerre de Sécession. Ils se battaient dans des camps différents. Mais ils ne savaient pas que j'existerais un jour, qu'ils auraient quelque chose en commun.

– Tu crois qu'Ashley et moi, on aura un enfant ensemble, un jour ?

– Peut-être. Enfin, non, je veux dire : peut-être que vous avez quelque chose en commun, même si tu l'ignores.

Jolène souffla sur sa frange à cette idée ridicule. Ware insista :

– Mais qu'est-ce que tu as contre elle, au juste ?

Jolène ôta ses gros gants de jardinage et les jeta par

terre, comme les chevaliers lançaient leurs gantelets pour défier quelqu'un en duel.

– Elle habite dans le monde des Bisounours, comme toi. Quand quelque chose lui déplaît, son papounet arrange tout. Sauf que, contrairement à toi, elle vit vraiment comme ça, parce qu'elle est riche.

Ware réfléchit. Il ramassa les gants, signe qu'il acceptait le défi.

– Pourtant, son père n'a rien arrangé. Et c'est elle qui vient ici nous aider. Elle travaille aussi dans d'autres endroits. Elle pose des lumières, pour les grues.

– Oh, ça n'a rien à voir avec les grues. Pourquoi est-ce qu'une gosse de riche s'intéresserait aux oiseaux ?

– Peut-être... parce qu'elle s'intéresse aux oiseaux ?

– Non, non. C'est sans doute pour faire un exposé au lycée. Ou alors elle va écrire un article où elle racontera qu'elle a été formidable et qu'elle les a sauvés, ce qui fera bien dans son dossier d'admission à l'université.

« Ne fais pas de supposition hasardeuse sur les gens. » Ware entendit les mots de Grand Manitou résonner dans sa tête. Pourtant, il rendit à Jolène ses gants, afin de lui montrer qu'il ne voulait plus se battre. Jolène connaissait bien ce monde. Elle avait presque toujours raison. Néanmoins, il espérait que, pour une fois, elle avait tort.

# 54

– Mmm…, fit Cy, en se penchant plus près vers l'écran. Mmm…

Quand il était arrivé après avoir rendu visite à Grand Manitou, à peine avait-il jeté son bagage sur le canapé qu'il avait exigé de voir les images tournées par Ware. Depuis, il n'arrêtait pas de les faire défiler dans un sens et dans l'autre.

Pendant que son oncle observait l'écran, Ware observait son oncle. Lunettes à monture métallique, un clou en argent dans l'oreille gauche. Jean noir, T-shirt noir dans une étoffe soyeuse, et non raide comme celui de Ware.

Sa mère l'obligeait à acheter de nouveaux vêtements pour la rentrée tous les automnes. Cette année, il réclamerait des jeans et des T-shirts noirs. Elle n'accepterait jamais qu'il se fasse percer l'oreille, mais il essaierait quand même.

Finalement, Cy arrêta l'appareil et s'appuya contre le dossier. Il désigna l'écran :

– Tu zoomes souvent sur ces trois palmiers.

Ware ignorait si c'était un compliment ou une critique.

– C'est parce qu'ils sont toujours là, expliqua-t-il. Le reste du terrain change tout le temps.

– Mais eux aussi, ils changent. (Cy rembobina le film.) Regarde, là, ils sont ensoleillés et langoureux. Tout va bien. Et ensuite, après avoir montré l'écriteau qui annonce les enchères, tu les montres agités par le vent, comme s'ils étaient en grand désarroi. Pourquoi ?

Ware se promit intérieurement d'utiliser plus souvent les mots «langoureux» et «désarroi».

– La banque va vendre le terrain, dit-il. Tout notre travail sera détruit.

Il prit une inspiration saccadée. Prononcer ces mots à voix haute les rendait plus réels. Cy attendit patiemment qu'il se ressaisisse.

– Moi, je pourrai toujours construire quelque chose dans le jardin quand la maison nous appartiendra, mais Jolène a vraiment besoin de sa plantation. Je lui ai promis de la sauver, mais je ne sais pas encore comment m'y prendre.

– Je suis désolé, compatit Cy. Mais je parlais des palmiers. Pourquoi les filmes-tu ainsi ?

– C'est comme ça que je les vois, admit Ware. Comme s'ils réagissaient à ce qui se passe.

Son oncle hocha la tête.

– Un chœur grec. C'est bien ce qui me semblait.

– Je sais que c'est idiot de s'imaginer que...

– Non, ce n'est pas idiot. Un chœur grec est un dispositif utilisé dans les pièces de théâtre anciennes. Il s'agit d'un groupe de personnes qui commente ce qui se passe sur la scène. Il informe les spectateurs de l'émotion qu'ils sont censés éprouver. Tu vois ? Tu sais raconter une histoire.

– Mais je ne l'ai pas fait exprès.

– Justement. Tu l'as fait intuitivement. J'avais raison. Tu es un cinéaste.

Ware s'esclaffa :

– N'importe quoi ! Les cinéastes sont des gens comme toi, pas des enfants.

– Les gens comme moi ont été des enfants autrefois, tu sais.

Ware essaya de se représenter Cy dans son jeune âge, mais ne parvint qu'à l'imaginer comme une version miniature de l'adulte actuel : fascinant, semi-célèbre, jean noir et piercing à l'oreille.

– Tu étais comment, à mon âge ?

Cy se frotta le dos contre le fauteuil. Ce mouvement rappela encore une fois à Ware un chat, souple et serein. Il se frotta lui aussi contre le dossier pour voir l'effet que ça faisait.

– Eh bien... je me rappelle que je passais mon temps à me justifier. J'étais dans les nuages, et après je m'excusais, comme si j'avais fait quelque chose de mal. Les gens pensaient que j'étais paresseux, ou idiot, ou hautain. C'était dur.

– Ça alors ! Maintenant, à mon école, tu es un héros. L'hiver dernier, on a regardé le documentaire que tu as tourné dans un camp de réfugiés, avec tous les enfants qui te suivaient partout. J'ai raconté à tout le monde que tu étais mon oncle.

– Merci.

– La moitié des élèves de ma classe pleuraient à la fin. Ils ont donné leur argent de poche, ils ont organisé une collecte... Ça doit faire plaisir.

– Quand ça arrive, c'est génial, bien sûr. Mais ça ne se passe pas souvent comme ça. On ne sait jamais qui va regarder nos vidéos, et on ne peut pas prévoir comment les gens vont réagir. Et de toute façon, ce n'est pas pour cette raison qu'on filme.

– Pourquoi, alors ?

– Parce qu'il faut que ce soit fait, et qu'on est la bonne personne pour ça.

Ce soir-là, Ware regarda longuement le plafond, allongé dans son lit. À présent, les marques du plâtre ne ressemblaient pas au signe infini. Elles ressemblaient à des points d'interrogation. Des points d'interrogation, sur des points d'interrogation, dans des points d'interrogation.

# 55

Deux jours plus tard, Cy repartit, et une tempête tropicale s'abattit sur la région. Elle commença à cent cinquante kilomètres à l'ouest, dans le golfe du Mexique, comme un bébé qui aurait piqué une grosse colère.

– D'après la météo, ça va continuer jusqu'à mercredi, annonça Ware au petit déjeuner le lundi matin, alors que la tempête faisait rage. Au centre de loisirs, ils ne nous laissent pas sortir par ce temps. Et vous savez à quel point l'air est vicié, là-dedans. Il vaudrait mieux que je reste à la maison.

Il toussa discrètement pour appuyer son argument. Il n'y croyait guère, mais ses parents, affaiblis par deux mois de manque de sommeil, ne luttèrent même pas.

– Bon, d'accord. Tu peux passer l'aspirateur ? dit sa mère en partant au travail d'un pas pesant.

– Et peut-être lancer une lessive, ajouta son père en prenant ses clefs.

Ware put donc consacrer trois journées entières à sa vidéo. Dans l'état actuel des choses, s'il avait dû lui donner un titre, elle se serait appelée *Les Mains de Jolène*.

*Les Mains de Jolène* aurait été un bon documentaire. Mais ce n'était pas celui qu'il devait faire. C'était la révélation qu'il avait eue, pendant qu'il méditait sous son plafond couvert de points d'interrogation. Ce qu'il devait faire, c'était raconter l'histoire du terrain. Parce qu'il fallait que ce soit fait, et qu'il était la bonne personne pour ça.

Mais aussi pour une raison supplémentaire.

D'après Cy, il n'arrivait pas souvent qu'un documentaire conduise des gens à agir comme on l'espérait. Ce qui signifiait que ça arrivait parfois. Et Ware avait décidé que ce serait une de ces fois-là. Les gens verraient ses images, pleureraient devant et videraient leur porte-monnaie. Il le montrerait en classe, en septembre. Et dans d'autres établissements scolaires, aussi.

Ses images sauveraient le terrain.

Ware supprima la plupart des gros plans sur les mains de Jolène. La plupart, mais pas tous. Puis il se mit au travail.

Au bout de trois jours, il avait mal au dos, des crampes dans les doigts, et les yeux rouges et secs, mais il ne s'était jamais senti aussi bien de sa vie. Et il avait réussi à transformer presque seize heures de prises de vues en une vidéo de quatre minutes et quarante-deux secondes.

Ces quatre minutes et quarante-deux secondes débutaient par la photo où l'église était en cours de construction et se terminait sur une famille de canards en train de nager dans les douves pleines d'eau. Entre les deux, une boule de démolition détruisait le toit, des papayers poussaient en un accéléré ébouriffant, et des murs du château fort se couvraient de boue. On voyait aussi le parterre de pissenlits de Jolène, sa pile de compost, le cadran solaire, le sol de l'église qui émergeait au fur et à mesure que les gravats étaient déblayés, plus un nouveau vitrail qui déversait des rayons arc-en-ciel.

Même Messire Clin d'Œil avait droit à un gros plan. En train de cligner de l'œil, bien sûr.

Ware se leva, s'étira, fit craquer ses doigts et tordit le cou pour détendre sa nuque. Il se servit un verre de limonade au gingembre, y plaça une rondelle d'orange et en avala une longue gorgée. Puis il suça une pastille pour la gorge extraforte au miel et au citron.

Il était prêt pour la touche finale. Le commentaire de la vidéo.

– Tout était autre chose avant, récita-t-il en voix off. Et tout deviendra autre chose après. Parfois, quand on regarde assez attentivement un objet, on peut voir toute son histoire.

# 56

– Alors ? Le plan B ?

Ware s'écarta un peu de Jolène sur le siège du bus. On était jeudi, et il ne l'avait pas vue depuis dimanche. Elle lui avait manqué – ce qui l'avait beaucoup étonné –, donc il avait été heureux qu'elle décide de l'accompagner voir Grand Manitou. Mais à présent, il n'était plus si convaincu que ç'ait été une bonne idée.

– Oui, oui, confirma-t-il. On passe au plan B.

– Et c'est quoi ?

– Alors...

Le plan B restait un peu vague. Il comportait quelques failles. Mais ils avaient encore tout leur temps.

– Fais-moi confiance. Ça va marcher. Mais je ne peux pas t'en parler.

– Pourquoi ?

– Parce que c'est comme ça.

L'entendre lui renvoyer sa propre réplique désarçonna Jolène pendant une seconde. Ware en profita pour changer de sujet :

– Et au fait, pourquoi tu viens ? Je croyais que ce fameux Franklin avait répondu à ta question.

– C'est vrai. Les parties du corps qui ne sont pas recyclées chez d'autres patients sont « éliminées dans le plus grand respect ».

– Et alors, tu ne le crois pas ?

– Si, je le crois.

Jolène se lécha le pouce et frotta une tache à l'arrière du siège devant elle.

– Ça, c'était une vache, autrefois, dit-elle en guise d'explication. Ou peut-être un flacon de produit nettoyant, ajouta-t-elle en examinant le revêtement de plus près. C'est trop sale pour le savoir.

– Jolène. Pourquoi tu viens ?

– Tu m'as dit toi-même que ta grand-mère avait envie de me revoir, répondit-elle, comme si satisfaire les désirs des personnes âgées était l'une des ambitions de sa personnalité altruiste. Et puis ça fait trois jours que tu n'es pas venu. Je me suis un peu ennuyée.

Ware sentit un rayonnement parcourir son corps, comme s'il s'était illuminé de l'intérieur. Il avait manqué à Jolène, lui aussi.

À ce moment-là, le bus tourna un peu brutalement. Une boîte de ChipNutz roula hors du sac en plastique que Jolène avait posé à ses pieds. Ware la rattrapa et la lui tendit, interrogateur. Jolène haussa les épaules.

– Ta grand-mère avait envie de bacon. Ces chips ont un goût de bacon.

– Je ne t'avais pas dit qu'elle avait envie de bacon. Comment tu le sais ?

– Je l'ai entendue, la dernière fois.

– Tu l'as entendue ?

– Oh, je pense que tout l'étage l'a entendue. Tout le bâtiment, même !

Ware se cacha le visage entre ses mains, honteux.

– Laisse-moi te dire que si j'avais une grand-mère, marmonna Jolène en frottant à nouveau la trace de saleté, je voudrais qu'elle ait une voix qui porte loin.

Ware se laissa retomber contre le dossier. Jolène n'avait pas de grand-mère.

C'était injuste. Et il détestait vraiment l'injustice.

Ce qui lui rappela quelque chose :

– Au fait, quand tu dis que je vis dans le monde des

Bisounours… tu as tort. (Cette révélation lui était venue pendant la nuit. Il était resté éveillé, s'entraînant à formuler cette annonce.) Ou plutôt, tu as raison sur un point : je ne pense pas qu'on doive accepter qu'il y ait des injustices et se dire : «C'est comme ça.» Mais je ne veux pas que les choses deviennent ce qu'elles ne sont pas par magie. Je veux qu'elles deviennent ce qu'elles pourraient être. Et il faut bien qu'il y ait des gens qui le désirent, sinon personne n'essaierait jamais d'améliorer les choses.

Jolène souffla sur sa frange, peu convaincue. Il acheva :

– Et toi aussi, tu es comme ça.

Jolène leva ses lunettes de soleil et le fusilla de ses yeux-meurtrières.

– Pas du tout. Je suis réaliste, moi.

– Non. Cette papaye que tu as prise à l'épicerie grecque. Les autres n'y voyaient qu'un fruit pourri. Toi, tu y as vu un verger.

Jolène croisa les bras et regarda par la fenêtre. Pendant tout le reste du trajet vers la maison de convalescence Nouveaux Horizons, elle ne se retourna pas une seule fois.

# 57

À l'intérieur, la même femme était assise à l'accueil et mangeait le même sandwich œuf-salade, avec le même foulard taché. Elle les scruta derrière les mêmes cils en toile d'araignée et prononça les mêmes mots, «Comme c'est gentil», quand Ware lui annonça la raison de sa visite. Elle ne semblait pas le penser davantage que la dernière fois.

Ware inscrivit leur nom sur le registre en se demandant s'il n'était pas retourné dans le passé sans s'en rendre compte.

Mais à ce moment-là, il y eut un élément nouveau et inattendu. Une femme en veste et pantalon jaunes sortit de l'ascenseur et traversa le hall. Elle marchait comme si elle avait un projet de vie clair – et que ce projet était de sortir le plus vite possible de la maison de convalescence Nouveaux Horizons.

– Vas-y, je te suis, lança Ware à Jolène.

Il rejoignit la femme devant la porte.

– Madame Sauer, attendez !

Celle-ci se retourna. Elle fronça les sourcils. Ware prit une inspiration profonde et se lança :

– Pourquoi est-ce que vous ne m'aimez pas ? Ma grand-mère m'a conseillé de vous poser la question.

– Je n'ai rien contre toi, jeune homme.

Elle croisa les bras. À cause de sa maigreur et de la couleur jaune de son costume, Ware eut l'impression de voir deux crayons croisés au-dessus d'un crayon un peu plus gros. Des crayons pointus.

– Je pense que vous m'en voulez parce que je n'ai pas veillé sur elle. J'aurais dû. Mais je ne savais pas, pour sa maladie. Si j'avais su, j'aurais...

– Comment ça, tu ne savais pas ? s'exclama Mme Sauer, incrédule. C'est ta grand-mère !

– Oui, enfin, je le savais, mais je ne pensais pas qu'il fallait veiller sur elle juste parce qu'elle était vieille.

– Parce qu'elle était vieille ?

Il acquiesça :

– Sa maladie. La vieillesse.

– La vieillesse ? Ta grand-mère est diabétique, jeune homme !

– Diabétique ? Ma grand-mère ?

Mme Sauer se redressa et crispa encore davantage ses lèvres déjà serrées. Elle semblait se demander : « Comment pouvait-il l'ignorer ? » Et il crut l'entendre se répondre mentalement : « Toujours dans son monde. »

Mais il avait tort.

– Qu'est-ce que c'est que cette histoire ? Personne ne te l'avait dit ? demanda-t-elle avec indignation.

Ware secoua la tête.

– Eh bien, c'est du joli. On parle du diabète, pour l'amour du ciel, pas de la peste noire ! Je suis diabétique depuis vingt ans. La moitié des personnes de ma connaissance le sont. On aurait dû te le dire !

Elle croisa à nouveau les bras. Mais cette fois, sa maigreur et la couleur jaune de ses vêtements rappelèrent à Ware des rayons lasers. Les armes d'un justicier.

– C'est vraiment mal de ne pas t'en avoir parlé. Tu n'es plus un bébé ; on n'aurait pas dû te faire des cachotteries. Oh, je déteste l'injustice, pas toi ?

Grand Manitou avait raison : ne pas être seul améliorait beaucoup les choses.

# 58

Ware arriva devant la porte et regarda par la vitre. Incroyable. Jolène était perchée sur le lit à côté de Grand Manitou, juste en dessous d'un écriteau qui disait : «Visiteurs, merci de ne pas vous asseoir sur les lits.» Toutes les deux piochaient dans la boîte de Chip-Nutz posée entre elles comme si elles n'avaient rien mangé depuis des semaines.

Il ouvrit la porte.

– On dirait du bacon ! s'exclama Grand Manitou, en lui montrant une chips qu'elle tenait entre ses ongles rose fuchsia.

Elle lui fit un clin d'œil et tapota sur le matelas. Ware entra et s'assit aussi ostensiblement que possible dans le fauteuil.

– Tu as manqué de peu Rita, Ware, annonça Grand Manitou en léchant une miette sur ses lèvres. Tu aurais pu tirer les choses au clair avec elle.

Ware baissa les yeux.

– Je lui ai parlé.

– Oh, très bien. Et alors ?

Ware serra les lèvres. Il jeta un coup d'œil à Jolène, puis à la porte.

Grand Manitou pressa la main de la jeune fille.

– Pourrais-tu me rendre un service, ma petite ? Va chercher Franklin et dis-lui que j'aimerais bien avoir une couverture supplémentaire.

Jolène se hâta de partir accomplir sa mission. Grand Manitou se tourna vers Ware :

– Alors ?

Il serra les accoudoirs du fauteuil si fort que ses doigts blanchirent.

– J'avais raison, elle m'en voulait. Et je la comprends. Tu n'allais pas bien et je t'ai laissée seule pour me baigner dans la piscine. Je regrette vraiment. Mais pourquoi est-ce que tu ne m'as pas dit que tu étais diabétique ?

Grand Manitou regarda ses ongles.

– Elle n'est plus fâchée contre moi, continua Ware. Elle est fâchée contre toi, maintenant.

– Cela ne m'étonne pas.

– On parle de diabète, pour l'amour du ciel, pas de la peste noire !

Grand Manitou fit signe qu'elle était d'accord. Et soudain, il comprit :

– C'est maman qui ne voulait pas que tu me le dises, c'est ça ?

– Elle ne voulait pas que tu t'inquiètes pendant ton séjour à Sunset Palms. Elle se sentait déjà assez coupable de t'obliger à passer tout l'été là-bas.

– Mais j'aimais bien être là-bas ! Et maman me traite toujours comme un bébé !

Grand Manitou leva les mains en un geste d'impuissance.

– Il faut reconnaître qu'elle est assez mère poule.

Ware regarda l'écran, aujourd'hui noir et silencieux. Il était content que sa grand-mère n'ait plus besoin de prouver qu'elle était vivante, mais restait bouleversé.

– Si j'avais su, j'aurais fait quelque chose, Grand Manitou. Je t'aurais protégée.

– Je le sais, Ware. Je sais que tu l'aurais fait. Mais ta mère…

Elle se laissa retomber sur son oreiller.

– Écoute, de toute façon, maintenant je vais bien, j'ai

deux articulations flambant neuves, et je pourrai danser dans un rien de temps. Donc ça n'a aucune importance.

Mais si, ça en avait.

# 59

– Pourquoi est-ce que tu ne me l'as pas dit ?

La mère de Ware referma son classeur et leva les yeux, perplexe.

– Dit quoi ?

Ware se tenait face à elle, de l'autre côté de la table, le ventre noué.

– Que Grand Manitou était diabétique.

– Oh. Ça. Il y a des choses qui ne regardent pas les enfants, c'est tout.

– Je ne suis plus un bébé ! Et c'était quelque chose que j'aurais dû savoir. Je logeais chez elle.

Elle rouvrit son classeur.

– Mais tu es rentré à la maison, maintenant, donc je ne vois pas pourquoi tu t'énerves.

Ware se pencha en avant et posa une main sur les papiers.

– Moi, je suis rentré, mais pas Grand Manitou. Elle est tombée parce que son taux de sucre a trop baissé. Si tu me l'avais dit, j'aurais pu veiller sur elle.

Une idée affreuse le frappa soudain.

– C'est ça que tu regrettais, n'est-ce pas ? Le lendemain matin après l'accident, quand je suis descendu, je t'ai entendu discuter avec papa. Tu disais «Si seulement...», mais papa disait que ce n'était pas ce que tu voulais. Tu regrettais de ne pas m'en avoir parlé, pas vrai ?

Sa mère détourna le regard.

– Bien sûr que non. Non. Même si, rétrospectivement... mais ça n'a pas d'importance.

Elle pressa un doigt sur une larme solitaire qui perlait au coin de son œil.

Cette larme solitaire le transperça. Sans doute pas comme une volée de cent flèches, peut-être vingt ou trente seulement. Difficile à dire, quand on saignait. Néanmoins, Ware n'avait pas l'intention d'en rester là :

– Pour moi, ça a de l'importance, parce que j'ai l'impression que c'est ma faute. Et ça a de l'importance pour Grand Manitou. Si tu me l'avais dit, elle serait peut-être chez elle, à l'heure qu'il est. Elle n'aurait peut-être pas eu besoin d'être opérée.

Elle s'essuya les yeux et fit un petit sourire.

– J'en doute fort. Cela faisait longtemps qu'elle avait besoin de deux prothèses de hanche.

– Ah. Bon, d'accord. Mais j'ai onze ans et demi. Si tu continues à me couver, je ne vais pas survivre.

– Pardon ?

– Si je ne connais pas la vraie vie, elle va m'écrabouiller.

Sa mère eut soudain l'air si inquiète pour lui que Ware commença lui-même à s'inquiéter pour elle.

D'après la caissière de l'épicerie grecque, tout venait à point à qui savait attendre. Ware eut soudain la conviction qu'il avait assez attendu. Il s'assit face à sa mère.

– Maman, je ne suis plus un bébé. Merci de m'avoir si bien protégé quand j'étais petit, mais maintenant, je suis fort.

Brusquement, pour la première fois de sa vie, Ware savait exactement où il en était. Il n'avait pas le sentiment de partir à la dérive, ni même de s'envoler un tout petit peu. Il se redressa sur sa chaise.

– J'ai un projet de vie.

– Un projet de vie ?

– Oui. Et mon projet, c'est de me battre contre l'injustice.

« Tu combattras l'injustice chaque fois que tu y seras

confronté » : numéro neuf. « Tu seras partout et toujours le champion du droit et du bien contre l'injustice et le mal » : numéro sept.

– L'injustice. Le mal. Je veux les réparer. Et c'est de toi que je tiens ça.

– De moi ?

– Oui. Tu passes tes journées à essayer d'arranger les pires situations, et tu adores ton travail.

– Tu as raison, admit-elle au bout d'un moment. Il y a plein de malheurs qui arrivent. Je déteste ça. Mais j'aime y remédier.

– Alors arrête de me cacher les trucs tristes, et commence à m'apprendre comment améliorer les choses !

Sa mère posa les coudes sur la table et le menton sur ses poings. Elle le fixa droit dans les yeux.

– D'accord. La première chose à faire, c'est d'identifier l'élément du problème sur lequel tu peux agir.

– L'élément ?

– Tu ne peux pas tout changer. Mais... (Elle tapota son classeur.) Prends ce matin, par exemple. Une femme est arrivée, désespérée, parce que son mari l'a abandonnée avec ses trois enfants. Elle ne parle pas très bien anglais, et son seul revenu vient de son travail de femme de ménage à mi-temps. Ça ne suffit pas pour nourrir trois enfants. Bon.

Je ne peux pas faire revenir son mari. Je ne peux pas lui trouver un meilleur emploi. Mais je l'ai accompagnée à la banque alimentaire pour qu'on lui donne de quoi manger, et je l'ai inscrite à des cours du soir d'anglais. Elle finira par s'en sortir.

– Et si on n'est pas à la tête d'un centre d'action sociale ? Si on est juste une personne ordinaire ?

– Pareil. Tu identifies l'élément du problème sur lequel tu peux agir. Regarde bien sous tous les angles. On peut toujours faire quelque chose.

Ware et sa mère se dévisagèrent à travers la table pendant toute une minute, comme s'ils se rencontraient pour la première fois. Puis sa mère ajouta :

– Ware... Je te demande pardon.

# 60

– Encore une chose avant que tu montes, lança sa mère.

Ware s'immobilisa, une main sur la rampe de l'escalier. Depuis qu'il lui avait parlé, cet après-midi, il n'avait qu'une envie, s'enfermer dans sa chambre pour réfléchir à tout cela tranquillement.

Il revint dans le séjour.

– Juste un petit truc, dit sa mère. Ta grand-mère sort du centre de convalescence dans deux semaines.

– Grand Manitou peut rentrer à la maison ? Oh, c'est génial ! Mais pourquoi est-ce que vous faites cette tête, tous les deux ?

– Elle ne va pas rentrer directement chez elle, ajouta

son père. Elle commencera par vivre quelque temps ici. Le temps qu'elle soit vraiment remise.

– Ah, super. J'aimais bien habiter avec elle. Elle est rigolote, et…

Ware s'interrompit. Son regard passa de l'un à l'autre.

– Ici ? Chez nous ?

– Oui, Ware, confirma sa mère. C'est ce que signifie « ici ».

– Mais… ici où ?

Son père tripota son col. Sa mère fixa ses chaussures.

La réponse évidente le frappa alors, comme un coup de poing en pleine poitrine. Il en eut la respiration coupée.

– Vous allez lui donner ma chambre ?

– Non, bien sûr que non ! protesta son père. Ne dis pas de sottises.

Ware recommença à respirer. Bien sûr que non. Ses parents ne lui feraient pas un coup pareil. Ils le comprenaient.

– Elle vient de subir une opération aux cols du fémur, voyons ! confirma sa mère. Elle ne peut pas monter des escaliers. Elle s'installera dans notre chambre, à nous.

– Ah, d'accord.

Le soulagement de Ware se mêla à un peu de culpabilité. Il jeta un coup d'œil au canapé. Il se dépliait, mais le lit ainsi obtenu était dur et bosselé.

– Et… vous dormirez où ?

Son père tira encore un peu sur son col.

– Là-haut. Dans ta chambre.

– Dans ma…

Les poumons de Ware se bloquèrent de nouveau. Il sentit aussi comme un coup dans le ventre.

– Le canapé ? Je suis censé dormir ici ? Au milieu du passage ?

– Non. Tu auras une chambre.

Sa mère marcha vers la baie vitrée et ouvrit les volets roulants. La fenêtre donnait sur la terrasse couverte, à l'arrière de la maison.

– Quoi ? Non ! cria Ware. C'est une terrasse. Il n'y a pas de murs !

En tout cas, pas des murs auxquels on pouvait s'adosser ou fixer une affiche. Des murs opaques, derrière lesquels on était à l'abri des regards. La terrasse était entourée de parois transparentes : la baie vitrée du côté du séjour, et du Plexiglas blanchi sur les trois autres côtés.

– S'il n'y a pas de murs, ce n'est pas une chambre !

Sa mère croisa les bras.

– Ne t'inquiète pas, j'ai tout prévu. Il y a toute la place nécessaire pour ton lit et ton bureau.

– Pas de murs, gémit-il.

– Ce n'est pas définitif, Ware, ajouta-t-elle plus gentiment. Et nous installerons des rideaux.

– Les athlètes s'entraînent parfois dans des conditions difficiles, ajouta faiblement son père. Ça les rend plus forts.

– Nous savons que tu n'as pas passé un bon été, reprit sa mère. Mais n'oublie pas que nous t'offrirons un beau cadeau, quand ce sera terminé.

Sur ce, ses parents quittèrent le séjour ensemble, comme s'ils avaient entendu un minuteur inaudible.

Ware se retrouva seul, sous le choc. Il savait qu'il aurait pu continuer à discuter pendant des heures, et avoir raison, sans qu'aucun de ses arguments porte. Il avait perdu sa chambre – sans même y gagner un frère ou une sœur en échange.

Il ouvrit la porte de la terrasse pour mesurer combien sa vie allait devenir pénible. Même à 9 heures du soir, le soleil estival éclairait encore le moindre recoin de l'espace réduit.

Il jeta un coup d'œil à l'extérieur. À travers le Plexiglas qui avait perdu de sa transparence, le jardin paraissait enveloppé dans de la fumée. La remise formait comme une tache de charbon.

Il regarda de plus près. La remise, qui leur appartiendrait

de droit dans deux semaines, n'avait qu'une petite fenêtre. C'était un endroit complètement privé. Avec une porte. Une porte sur laquelle on pouvait mettre un verrou.

Ses parents lui avaient promis un cadeau en compensation de cet été décevant. Tout à coup, il sut ce qu'il voulait.

# 61

Le lendemain, Ware, allongé sous les palmiers, filmait un couple de faucons qui volait dans le ciel.

Pendant tout le CE2, on ne pouvait pas aller en cours de récréation sans que quelqu'un vous demande quel superpouvoir on préférerait, voler ou devenir invisible.

– Invisible, répondait toujours Ware.

– Ah, d'accord, pour espionner les gens. Génial ! lui répondait-on, ce qui le choquait chaque fois.

Non, il ne souhaitait absolument pas espionner les gens. Il pensait simplement que ce serait reposant d'être laissé en paix de temps en temps.

Il repensa à la terrasse aux parois transparentes dans laquelle il allait bientôt emménager.

Il posa le caméscope et roula sur le côté. Jolène tassait la terre autour de nouveaux pissenlits. L'allée était désormais bordée de taches d'or aussi vives que des écus.

– Voler ou être invisible ? lui lança-t-il.

Jolène se redressa et posa sa pelle. C'était quelque chose qu'il appréciait, chez elle : elle réfléchissait toujours avant de répondre à une question.

– Voler, répondit-elle au bout d'une minute, avant de reprendre son jardinage.

Ware se leva et alla s'asseoir près d'elle.

– Ces pissenlits, on dirait des tournesols miniatures.

Cela lui rappela quelque chose qu'il avait oublié de lui raconter. Il espérait la faire rire comme elle avait ri avec Mme Stavros.

– Tu te rappelles l'autre jour, au bar Grotto ? Tu as raté quelque chose de drôle. Une femme dormait dans un box. Ses cheveux formaient un cercle jaune parfait, mais avec du noir au centre. Comme un tournesol. C'est comme ça que je l'ai surnommée mentalement : Tournesol. Qu'est-ce que tu en dis ?

Au lieu de rire, Jolène se figea. Elle entrelaça ses doigts sur sa poitrine et se tourna vers le bar Grotto.

Ware fit une autre tentative :

– Ou alors, comme une auréole. Une auréole dorée, mais pourrie au milieu.

Jolène ne bougea pas.

Ware lui offrit son dernier détail, le plus croustillant :

– Je pense qu'elle était ivre.

Jolène se leva, poings crispés, et partit.

Et Ware eut l'impression que son souhait s'était enfin réalisé. Il était invisible.

Finalement, ce n'était pas si génial que ça.

# 62

Tous les jours, après le départ d'Ashley, Ware et Jolène sautaient dans les douves. Ils nageaient là où ils le pouvaient et faisaient la course dans les endroits peu profonds. Bonne chance aux œufs de moustiques qui espéraient éclore.

Quand il plongeait dans l'eau, Ware se préparait toujours mentalement à renaître, au cas où ça arriverait par surprise. Bien entendu, il ne laissait jamais l'espoir s'afficher sur son visage.

L'eau était fraîche, mais le soleil de milieu de journée en Floride était excessif, même pour une crème solaire indice 50, hypoallergénique, à étaler toutes les quatre heures. Ware chipa donc un drap dans le panier à linge chez lui, utilisa les fournitures d'arts plastiques, et confectionna un voile d'ombrage à suspendre au-dessus de l'eau, à l'arrière de l'église.

– C'est quoi, là, au milieu ? demanda Jolène.

– Un blason. Cela sert à annoncer qui on est. Tu vois, il y a une caméra sur le mien.

– Et ça ?

Jolène désignait un petit dessin dans un coin, qu'il avait espéré qu'elle ne remarquerait pas.

– Un lézard, admit-il. Ça aussi, c'est moi.

Jolène revint le lendemain avec un autre drap. Dessus, elle avait dessiné une pelle et un râteau qu'elle fit briller avec un bocal entier de paillettes.

– Voilà mon blason.

Ware désigna un dessin plus petit dans un coin.

– Un papayer. Ça aussi, c'est moi.

Et Ware se rendit compte qu'elle avait raison. Frêle et hardie à la fois.

Grand Manitou lui avait reproché d'ignorer beaucoup de choses au sujet de Jolène. Elle avait aussi dit que poser des questions n'était jamais un tort. Lorsqu'une averse survint après l'accrochage des voiles d'ombrage, il décida d'essayer *Sous la Table*.

– Alors… comment ça se fait que tu habites avec ta tante ? demanda-t-il quand les bougies furent allumées.

Jolène fronça les sourcils. Ware voyait presque les flèches dépasser des meurtrières, mais il refusa de battre en retraite.

– Je voudrais savoir.

Jolène regarda ses genoux et souffla sur sa frange.

– Bon, d'accord. Mais ce n'est rien, compris ? Quand j'avais cinq ans, ma mère m'a fait monter dans la voiture. Il y avait plein de bagages, donc j'ai cru qu'on partait en voyage. Mais on est juste allées dans la rue d'à côté, chez ma tante. Ma mère m'a fait grimper l'escalier avec ma valise. Quand ma tante a ouvert la porte, ma mère a lâché ma main, et elles se sont disputées violemment. Elle disait : « Je ne peux pas aller à Nashville avec ça. » D'après Walter, j'avais l'air de ne rien comprendre à ce qui se passait.

– Walter ?

– Il a entendu la dispute et il est monté.

Dans le doux clapotis de la pluie, Ware se représenta la petite Jolène, accrochée à la main de sa mère, contente de partir en vacances, qui tout à coup ne tenait plus que de l'air. Cela lui rappelait quand elle lui avait pris la main, lors de leur toute première rencontre.

Il y repensait souvent.

Il se demandait surtout ce qu'elle avait ressenti, elle. Il

se demandait si ça lui arrivait de se remémorer cet instant. Il se demandait si elle aurait aimé tenir à nouveau la main de quelqu'un.

Il approcha un peu son bras jusqu'à ce qu'il frôle presque celui de Jolène. « Information supplémentaire. Ça ne m'a pas déplu quand tu m'as pris par la main. » Il répéta cette phrase dans sa tête jusqu'à ce qu'elle ne paraisse plus ridicule.

– Ah, ça y est, dit Jolène juste au moment où il ouvrait la bouche. Il s'est arrêté de pleuvoir.

# 63

Ware s'assit sur le seuil de la porte arrière de l'église en visant ses pieds avec la caméra. Au fur et à mesure qu'il les agitait dans l'eau, ils lui semblèrent devenir plus longs et effilés, puis glisser comme des poissons, et finalement perdre entièrement leurs orteils.

Il déposa l'appareil. «Ouvre les yeux, avait dit Jolène. Sois réaliste.» Comme si la vraie vie était nette, fiable, identique pour tout le monde. Mais, à ses yeux, la vraie vie ressemblait plutôt à ses pieds sous l'eau. Elle pouvait se distordre. Devenir trompeuse.

Son devoir sur les chevaliers, par exemple. Tandis qu'il travaillait dessus, les heures avaient défilé à toute allure. Puis, quand il avait attendu sa note, elles s'étaient traînées comme un escargot. Au moment où il avait vu le dix sur la première page, la salle de classe lui avait paru s'illuminer, et lorsqu'il était rentré à pied chez lui ce jour-là, la pesanteur s'était amenuisée.

Il leva les yeux. Autre exemple : les nuages. D'un point de vue scientifique, on les définissait comme des regroupements de gouttes d'eau ou de flocons de glace. Mais en les regardant, trois individus y verraient trois choses différentes : un dragon, ou l'eau nécessaire pour arroser des papayers, ou une occasion manquée de prendre la main de quelqu'un.

Il baissa les yeux. Autre exemple…

Ware remarqua alors quelque chose d'étrange. Au-dessus de son genou gauche, sa jambe avait enflé. S'était-il cogné sans s'en rendre compte ?

Il compara avec son autre cuisse. Même renflement ferme au-dessus du genou. Il la contracta… et éclata de rire.

Des muscles !

Il plia le bras. Des muscles là aussi.

Il souleva son T-shirt. Sa bouée interne s'était dégonflée.

Évidemment. Ces derniers temps, il pouvait porter un parpaing dans chaque main sans finir hors d'haleine. Tous les soirs, sa mère l'examinait et lui demandait s'il mangeait à sa faim. Le terrain ne l'avait peut-être pas encore modifié à l'intérieur, mais il avait changé son apparence. Et l'extérieur faisait partie de l'intérieur.

C'était un début.

Ware s'allongea sur le muret chaud. À quoi bon se faire des illusions ? Ce n'était pas un début.

Ces journées étaient les meilleures de son existence. Et plus il était heureux, plus il se sentait coupable, car c'était le Ware d'avant qui en profitait autant. Il avait beau se baigner dans les douves magiques tous les jours, le nouveau Ware n'avait pas encore fait apparition.

On était déjà au milieu du mois d'août. Il fallait qu'il redouble d'efforts.

Dès que Jolène s'en alla, cet après-midi-là, il sauta dans l'eau. Cette fois, il allait faire les choses correctement.

– Faites que je sois différent, dit-il – à voix haute, cette fois. Faites que je sois normal ! cria-t-il.

Il se rappela combien les répétitions de la chorale l'avaient ému, et ajouta pour faire bonne mesure :

– Alléluia !

Puis il se laissa tomber en arrière.

Il demeura sous l'eau et compta les secondes pendant une minute entière. Il finit par avoir mal à la poitrine, sans savoir si c'était dû à la naissance du nouveau Ware ou seulement ses poumons qui exigeaient de l'air.

Il ressortit en haletant et sentit des yeux braqués sur lui avant même d'ouvrir les siens.

Jolène se tenait debout près de la haie. Elle leva son sac-poubelle :

– J'avais oublié ça.

Ware demeura paralysé. Avait-elle entendu ?

Peut-être qu'elle n'avait pas entendu.

Bien sûr qu'elle avait entendu.

Jolène posa le sac. Ses épaules se soulevèrent et s'abaissèrent, comme si elle soupirait après avoir pris une décision difficile. Elle s'avança vers le muret, le franchit et avança en barbotant dans l'eau.

Accablé, Ware la vit venir vers lui, sans doute pour lui faire un sermon cinglant sur ses idées ridicules.

Il avait tort.

– Tu ne peux pas t'immerger toi-même, expliqua-t-elle. Il faut que ce soit quelqu'un d'autre qui le fasse.

Elle plaça une main sur sa nuque et l'autre entre ses omoplates.

– Penche-toi en arrière. Je vais le faire. Mais ne demande pas à être normal. Tu vaux déjà bien mieux que ça.

# 64

Le bar était vide. Walter leva les yeux de son livre et sourit :

– Il fait chaud, hein ?

Cette phrase ralentit le rythme cardiaque de Ware et dénoua un peu le nœud dans son estomac. Mais Walter avait l'air soucieux.

– Où est Brindille ?

– Brindille ? Ah, oui. Avec Mme Stavros.

Walter parut soulagé.

– Qu'est-ce que je te sers ? Comme d'habitude ?

Ware hocha la tête (il avait des habitudes dans un bar, maintenant !) et s'installa sur un tabouret. Walter déposa une limonade au gingembre devant lui, en la garnissant d'une rondelle d'orange qui semblait minuscule dans son énorme main.

– Alors, mon grand, comment ça va ? demanda-t-il, comme Ware l'avait espéré.

Ware avala une gorgée avant de répondre.

– Pas trop mal, Walter, merci. Mais j'ai un problème.

Walter fit glisser le saladier de ChipNutz vers lui. Ware en prit une poignée, mais uniquement parce que c'était si délicieux. Il savait déjà quel était son problème. Le code de chevalerie, règle numéro quatre, exigeait : « Tu ne mentiras point et seras fidèle à la parole donnée. » Mais Ware avait menti à ses parents. Pas seulement au sujet du centre de loisirs, mais aussi de choses plus graves, comme de leur laisser croire qu'il était en train de devenir normal.

Il grignota pensivement les ChipNutz. Une fois de plus, elles l'aidèrent à clarifier la situation.

Et cette révélation le surprit.

– Walter, j'ai menti. Je me suis menti à moi-même.

– Oh là là, répondit Walter, comme je te comprends.

Ware se lança :

– Est-ce que vous avez déjà eu envie de recommencer à zéro, Walter ? Genre… de renaître ?

– Bon sang, non, répondit le barman en se frottant la nuque. La première fois était déjà bien assez difficile.

– Moi non plus. Mais tout l'été, j'ai essayé de me persuader que c'était ce que je désirais. Que je souhaitais devenir quelqu'un d'autre. Mais ce n'est pas du tout ce que je voudrais.

Walter hocha la tête avec sympathie tout en astiquant le comptoir déjà lustré.

– Ce que je voudrais, en fait, c'est qu'être moi-même ne soit pas un problème.

Walter posa son chiffon et étudia attentivement Ware.

– Jolène me dit que tu es son ami. Une amitié me semble un bon point de départ pour commencer à s'accepter tel qu'on est. Es-tu son ami, Ware ?

Ware acquiesça. Maintenant, oui.

– Tant mieux. Moi aussi. Quand elle vient ici, je peux veiller sur elle. (Walter fit un geste vers la porte.) Mais quand elle est ailleurs, je la perds.

Walter était toujours aussi herculéen, mais, étrangement, il semblait en même temps tout petit. Une fois de plus, la vraie vie jouait des tours à Ware.

– Elle est en sécurité avec Mme Stavros. Cette dame la nourrit.

– Je sais. Mais elle reste quand même très seule, dans ce monde.

– Parce qu'elle n'a pas ses parents.

Walter secoua tristement la tête.

– Laisser une mioche comme ça sur un paillasson, comme un sac-poubelle. Si je tenais cette bonne femme…

– Vous avez tenté de la retrouver ?

– Nous avons essayé tous les deux, sa tante et moi.

Ware se raidit.

– Sa tante aussi ?

Walter sembla lire dans ses pensées.

– Elle était différente, à l'époque. Du temps de l'église. Elle repartait de zéro tous les dimanches. Ou en tout cas, elle essayait. Elle ne passait pas sa vie comme aujourd'hui.

– Tout était autre chose, avant, commenta Ware. Surtout les gens.

– Pas faux. Bref, Jolène m'a, moi, et elle a Mme Stavros. Ce serait bien qu'elle puisse aussi compter sur quelqu'un d'autre.

Ware se leva si vite que son tabouret tournoya. Ici, dans cet endroit totalement improbable, on réclamait enfin ses services.

Il leva le menton, gonfla sa poitrine et répondit résolument :

– Elle peut compter sur moi.

Il dut se retenir de tomber à genoux et d'ajouter : « J'en fais le serment, Seigneur. »

Walter acquiesça.

– Tu as l'air de quelqu'un qui pense ce qu'il dit. Tu sais, ajouta-t-il en se penchant en avant, un trou bien arrosé comme ici fait ressortir les histoires des gens. Je suis curieux. Tu as une histoire, Ware ?

À regret, le garçon fit non de la tête.

– Non. Aucune.

– Oh, ça viendra, mon grand. Crois-moi.

# 65

Ware déposa sa bêche pour prononcer cette phrase si difficile :

– Les cours reprennent mercredi prochain.

Jolène donna un coup dans un tas de terre.

– Pour moi aussi.

– Pareil, ajouta Ashley.

Ils calculèrent en silence pendant un instant.

– Huit jours, annonça Ware.

– Huit jours, confirmèrent les deux filles.

Jolène regarda ses papayers les plus grands, recouverts de petits fruits durs.

– J'ai un plan, Jolène, dit Ware en espérant que sa voix ne tremblerait pas.

Mais il se rendait compte, à présent, que c'était un mensonge. Il n'avait pas de plan. Il avait une vidéo de cinq minutes et demie, et un rêve d'habitant du monde des Bisounours. Il n'aurait jamais de quoi acheter la parcelle, même si mille écoliers sacrifiaient leur argent de poche. Ou dix mille.

– OK.

Jolène se leva et partit pour l'épicerie grecque sans le regarder. Ware en fut soulagé. Il n'aurait pas aimé voir son reflet dans ses lunettes à ce moment-là.

Cet après-midi-là, Ashley resta pour ramasser tous les déchets qui risquaient de se coincer dans le système digestif d'un oiseau, et quand Jolène revint au bout de seulement une heure, ils s'attelèrent tous les trois à creuser une nouvelle tranchée dans le verger. Savoir que ce travail s'avérerait peut-être futile lui conférait une dimension tragique, mais aussi noble.

Pendant qu'il travaillait, la montre de Ware sonna.

– Je viens d'entendre une fauvette, s'étonna Ashley en examinant le ciel. C'est bizarre; normalement, elles ne migrent pas si tôt.

– Ah, non, désolé, c'est mon réveil. Il va falloir que je parte.

Ashley eut l'air déçue. Elle devait avoir vraiment envie de voir une fauvette.

– Tout ce boulot que tu fais… j'espère que ça te servira à quelque chose, ajouta généreusement Ware.

– De quoi tu parles ?

Il jeta un coup d'œil à Jolène, puis s'adressa de nouveau à Ashley :

– Ce que tu fais, c'est pour un exposé, non ? Ou pour ton dossier d'admission à l'université ?

– Euh… non ?

– Pour quoi, alors ?

Ashley planta sa bêche dans le sol, monta jusqu'à l'ombre étoilée d'un palmier, et s'assit. Ware la suivit et s'installa dans l'étoile d'à côté.

Jolène demeura où elle était. Mais Ware remarqua qu'elle tendait l'oreille vers le haut de la pente.

– J'habitais au Canada, avant ? commença Ashley. Je devais faire un long trajet en bus pour aller à l'école. Toutes ces routes désertes au lever du soleil… Un jour, le bus a dû s'arrêter, parce que la route était jonchée d'oies. Des agents d'entretien étaient en train de déblayer la chaussée. Littéralement. Avec des pelles. Elles s'étaient cassé les pattes. Certaines essayaient de s'envoler, mais leurs pattes pendaient sous elles, avec une forme tordue, bizarre.

Jolène lui jeta un regard accusateur, comme si elle soupçonnait Ashley d'avoir mutilé ces oies elle-même.

– On a compris après coup ce qui s'était passé. Il avait plu. Dans la lumière de l'aube, elles avaient confondu la route mouillée avec une rivière. Elles avaient voulu s'y poser, et…

Ashley ferma les yeux.

– Je me suis cassé le bras, un jour. Les os sont durs. (Elle s'interrompit et se frotta le bras droit, en le pressant contre sa poitrine.) Il devait y avoir deux cents oies, avec chacune au minimum un os brisé. Toute cette souffrance. Comment peut-on la mesurer ?

Ware ne répondit pas. Comment, en effet ?

– Alors j'ai décidé que ça n'arriverait jamais plus. Pas si je pouvais l'en empêcher. Voilà pourquoi.

Ware baissa les yeux vers Jolène. Il avait envie de lui lancer : « Tu vois ? Tu avais tort. Elle s'inquiète pour ces grues, un point c'est tout. » Mais il se tut, car il vit que Jolène avait déjà compris le message, et que ça l'avait écrasée.

La bêche lui tomba des mains. Elle baissa la tête, et Ware la vit respirer lentement, par saccades. Puis elle avança vers l'ombre en étoile d'Ashley et s'agenouilla devant elle.

– Chaque soir, Walter jette les miettes qui restent dans les saladiers de ChipNutz, déclara-t-elle. Je pourrais peut-être les garder pour les oiseaux. Peut-être.

– D'accord, dit Ashley. Ça devrait leur plaire.

Jolène souffla sur sa frange. Elle avait l'air de vouloir ajouter quelque chose, sans savoir quoi.

– Approche, ordonna Ashley. Montre-moi ton visage.

Elle tendit une main vers la joue de Jolène. Celle-ci tressaillit et recula. Mais finalement, après avoir croisé les mains dans son dos, elle ferma les yeux et se pencha en avant. Ware se rendit compte qu'elle retenait sa respiration.

Ashley passa les doigts dans la frange irrégulière de Jolène et entreprit d'entrelacer les mèches les plus courtes avec celles plus longues à l'arrière.

– Je me suis fait pousser les cheveux, l'année dernière ? Pendant quelque temps, on les a toujours dans la figure.

Ashley se tourna vers Ware et lui expliqua :

– Elle traverse une phase vraiment difficile, en ce moment.

# 66

Quand la voiture s'arrêta dans la Première Rue le lendemain matin, les trois têtes se tournèrent vers le bruit. En silence, les enfants déposèrent leurs outils par terre et se glissèrent derrière les palmiers.

Au bout d'une minute, ils virent une silhouette masculine derrière la grille. L'homme avança vers l'écriteau jaune et l'escamota. À la place, il accrocha un nouvel écriteau, d'un vert encore plus vif.

Les trois amis attendirent derrière les palmiers que la voiture s'éloigne. Ce n'est qu'alors, et toujours sans parler, qu'ils coururent vers la clôture et la franchirent.

Le nouvel écriteau était identique au précédent, sauf qu'au lieu de «cet automne» il y avait écrit «le 8 septembre».

– Le lendemain de la fête du Travail, dit Ashley.

«Ce ne sera même pas encore l'automne, pensa Ware. C'est injuste.» Mais il se garda de le dire et prit un air insouciant, comme un garçon ayant un plan B solide.

À côté de lui, Jolène se mit à haleter. Puis elle piqua un sprint dans la rue et disparut à l'arrière de l'épicerie grecque.

– Des enchères publiques, dit Ashley. N'importe qui peut y participer.

Ware entendit un tout petit clic dans son cerveau, comme si une clef minuscule essayait de déverrouiller une bonne idée. Il leva une main pour qu'Ashley se taise et ne chasse pas ses pensées.

Et dans le silence, la solution lui apparut.

– Tu peux revenir ici ce soir ? Je voudrais te donner une vidéo à montrer à ton père.

Ashley déchira un petit coin de l'écriteau et inscrivit son numéro de téléphone dessus :

– Tiens. Appelle-moi quand tu seras prêt.

Lorsqu'elle partit sur son vélo, Ware mélangea un nouveau récipient de boue et de colle et se mit à en enduire l'avant du bâtiment. Quand il eut terminé de catapulter la mixture sur le clocher, il trouva le couteau rouillé de Jolène, découpa une nappe à carreaux rouges et blancs en quatre drapeaux, et en accrocha un à chaque coin du bâtiment.

– Si un terrain vague peut devenir une plantation de papayers et un château fort, il pourrait devenir n'importe quoi, déclama-t-il en voix off tout en filmant le résultat de cette ultime transformation.

Puis il s'enveloppa dans l'armure constituée de plaques de biscuits et de papier d'aluminium, s'assit sur un parpaing et admira son œuvre.

Clin d'Œil sortit lentement de derrière le parpaing. Ware lui offrit un morceau de sa pomme, que la tortue mâchonna en regardant l'église – languissamment, aurait juré Ware – avant de tourner sa tête ridée. L'animal semblait demander : « Pourquoi ? »

– Pourquoi pas ? répondit Ware.

# 67

Quand Ware arriva sur le terrain le lendemain matin, il trouva Jolène en train de donner de grands coups de pied dans ses piles de compost, un jeune papayer arraché dans chaque poing. Il se précipita vers elle.

– Qu'est-ce que tu fais ?

– Je te l'ai déjà dit, répondit Jolène en montrant du menton l'écriteau annonçant l'enchère. Je ne laisserai pas les bulldozers les écraser. Je préfère le faire moi-même.

– Non, arrête !

Elle balança les plantes sur le compost et lui fit face.

– Pourquoi ? Tu préfères le faire toi-même ? Ça devrait être toi. Surtout que c'est ta faute.

– Comment ça, ma faute ? s'insurgea-t-il.

Mais en réalité, il le savait.

– Je n'aurais jamais dû t'écouter. Toi et tes « Je vais sauver ton jardin », comme un héros du monde des Bisounours !

Elle repartit à grands pas vers le verger. Ware courut s'interposer entre elle et sa prochaine victime.

– Attends, écoute. Tu te rappelles, toutes ces images que j'ai tournées ? Du verger, et de ce que nous avons fait ici ? Hier soir, j'en ai remis une copie à Ashley pour qu'elle montre la vidéo à son père. Elle va le convaincre que la municipalité devrait participer aux enchères pour rattacher le terrain à la maison de quartier. J'ai aussi laissé une copie au centre de loisirs, ce matin. On pourrait y construire un beau square pour les enfants – sans bitume, bien sûr. Et aussi un jardin partagé. Tu pourras continuer à faire des plantations ici, Jolène. Ça va être génial.

Les yeux écarquillés, Jolène le contempla, bouche bée. Pendant un instant, Ware vit dans son imagination la scène qui allait suivre. Elle lui serait si reconnaissante qu'elle lui sauterait au cou. Il s'essuya les mains pour pouvoir lui rendre son étreinte.

Mais elle secoua la tête comme si elle se réveillait d'un songe.

– Ça va être rien du tout ! C'est l'idée la plus idiote que j'aie jamais entendue. La seule chose encore plus idiote, c'est que je t'ai fait confiance !

– Pourquoi ? En quoi est-ce une mauvaise idée ?

Elle leva les bras.

– Parce qu'on est dans la vraie vie ! Et dans la vraie vie, il se passe des trucs moches. Quelqu'un va construire un centre commercial, ici. Avec peut-être même une supérette, c'est-à-dire l'horreur pour des gens comme moi qui voudraient de bons produits et pas de la bière, des cigarettes et des billets de loto. Et si j'habite toujours là, ce qui ne sera pas le cas, parce que je t'ai fait confiance et que je n'ai pas cherché un travail pour payer le loyer, c'est moi qui vais devoir gérer les ordures. Parce que les clients balanceront leurs mégots de cigarette et leurs vieilles grilles de loto dans le parking et, tous les soirs, les vendeurs jetteront leurs vieux hot-dogs rassis, ce qui attirera les rats. Voilà comment ça se passe, dans la vraie vie !

Ware s'adossa lourdement au tronc d'un palmier.

Il regarda les papayers à la fois frêles et hardis, et les douves, et le château fort. Tout ce travail... et bientôt, rien n'existerait plus.

– Qu'est-ce qu'on va faire ?

Jolène se planta devant lui, les poings sur les hanches, et lui cria au visage :

– Qu'est-ce qu'on va faire ? Toi, tu n'as rien à faire. Tu as tout ce qu'il te faut. Tu n'as jamais eu besoin de cet endroit.

Elle ne portait pas ses lunettes, mais si elle les avait eues, Ware savait ce qu'il aurait vu dans le reflet : un garçon qui avait eu besoin de cet endroit, contrairement à ce qu'elle disait. Tout l'été, il avait creusé la terre, transporté des parpaings, bâti des murets, volé des plantes aquatiques, parce qu'il avait besoin de ce terrain, autant que ce terrain avait besoin de lui.

– Tu t'en fiches, conclut-elle.

– C'est faux ! protesta Ware. J'y tiens beaucoup. Même si je ne le montre pas. Je suis comme ça.

Jolène se retourna vers les arbustes, lèvres crispées. Ware l'arrêta en lui touchant l'épaule :

– Non. Arrête. Attends au moins de voir ce qui va se passer. Ça va marcher.

Elle fit volte-face, les larmes débordant de ses yeux. Ware fut obligé de mettre les mains dans ses poches, tant était grand son désir de les essuyer. Il dut enfoncer ses mains, les presser, serrer les poings si fort que ses ongles rentraient dans sa paume, car sinon, il aurait séché ces larmes, geste que Jolène n'aurait jamais permis.

Elle se frotta les joues. Ses doigts sales laissèrent une trace de boue, comme un masque de raton laveur, à la fois ridicule et beau. Ware obligea à nouveau ses mains à rester dans ses poches, parce que maintenant, il avait envie de la prendre dans ses bras. Que lui arrivait-il donc ?

– Rien, cracha-t-elle. Voilà ce qui va se passer. Rien de bon. Jamais. C'est ça, la vraie vie. Tu as compris ?

– Ça pourrait marcher, chuchota Ware, accablé.

Elle sortit du terrain, la tête haute, les épaules secouées de sanglots.

*Tchac tchac tchac.*

Ware alla chercher le sachet de lettres en plastique et écrivit sur le chevalet blanc, des deux côtés :

JE SUIS DÉSOLÉ.

C'était très loin de suffire à exprimer ses regrets.

# 68

Ce soir-là, les parents de Ware se promenèrent de pièce en pièce en se pinçant ostensiblement, comme s'ils n'en croyaient pas leurs yeux.

– L'escalier ? Ce magnifique escalier nous appartient ? demandait l'un.

– Ce magnifique escalier nous appartient ! confirmait l'autre, surexcité.

– Cette fenêtre, cette porte, ce plancher ?

– Cette fenêtre, cette porte, ce plancher !

– Nous avons signé l'acte de vente cet après-midi, expliqua le père de Ware avec un sourire orgueilleux.

Comme un rayon de soleil, le bonheur illumine tout autour de lui. Ware sourit à ses parents, et il se réjouissait réellement. Mais il transportait aussi sa propre météo intérieure. Des nuages noirs, un vent froid. «Rien. Rien de bon. Jamais ! C'est ça, la vraie vie.»

Oui, il avait compris, maintenant.

Au restaurant, ses parents commandèrent du champagne.

Ware prit la bougie au centre de la table et regarda la flamme. Il n'allumerait jamais plus les cierges *Sous la Table*. Quels que soient la réaction du père d'Ashley et le résultat des enchères, son rôle à lui était terminé. Le terrain lui manquerait. Le moindre centimètre carré du jardin, le moindre centimètre carré du château. Les papayers lui manqueraient. Les douves lui manqueraient. Messire Clin d'Œil lui manquerait.

Jolène lui manquerait.

Son père lui toucha le bras.

– Ware. Le serveur t'a demandé ce que tu voulais boire.

Ware soupira.

– Oh, comme d'habitude. Une limonade au gingembre. Avec une rondelle d'orange.

Walter et le bar Grotto lui manqueraient.

Il posa lourdement son menton sur ses poings. Au-dessus de lui, ses parents trinquèrent, et leur soleil rayonna encore plus.

– *Tchin tchin*. Vive la fête du Travail ! Arrêter toutes ces heures supplémentaires, ça va nous faire des vacances ! s'exclama son père, avant de se tourner vers Ware. Peut-être que pour toi aussi l'école ressemblera à des vacances, hein ? Après cet été pourri ?

L'école. Il n'arrivait même pas à imaginer le moment où il n'irait plus sur le terrain. Il laissa sa tête retomber sur la table.

Son seul désir était que l'été ne se termine jamais.

# 69

Jolène revint. Ware avait craint qu'elle ne refasse pas apparition, mais elle revint. Elle arrosa les boîtes, ramassa les feuilles mortes et retourna le compost avec une fourche, mais Ware se rendait compte qu'elle travaillait mécaniquement. Les palmiers frissonnaient au-dessus de la rangée d'arbustes qu'elle avait arrachés la veille.

Par bravade, Ware fit des réparations au mur des douves avec autant d'aplomb que possible pour essayer de lui transmettre ce message : il n'avait pas l'intention d'abandonner, et elle non plus, elle ne devait pas laisser tomber. La mairie achèterait peut-être le terrain. Non, la mairie achèterait assurément le terrain.

Jolène n'avait pas l'air de capter le message.

Ware n'arrêtait pas de scruter le ciel dans l'attente d'une averse. *Sous la Table*, ils pourraient discuter. Cependant, le ciel devint de plus en plus clair, de plus en plus bleu.

Finalement, il leva le menton, gonfla la poitrine et grimpa résolument la pente.

– Es-tu en détresse ?

Juste à ce moment-là, des pneus grincèrent. Ashley lâcha son vélo et escalada la grille. L'espace d'un instant, l'espoir remplit le garçon. Mais quand elle s'approcha, la nouvelle qu'il lut sur son visage l'accabla.

– La municipalité n'achètera pas le terrain ? demanda-t-il, mais ce n'était pas vraiment une question.

– Il n'y aura même pas d'enchères. Il a déjà été vendu. Nous n'avons jamais eu la moindre chance.

– Quoi ? Déjà vendu ? répéta Ware. Ce n'est pas…

Il ravala le mot. Il n'avait vraiment pas envie de s'attirer un sermon sur le monde des Bisounours.

Ashley baissa la tête.

– Des promoteurs immobiliers sont intervenus, et un accord a été trouvé.

– C'est comme ça que ça marche, constata amèrement Jolène. Ça va devenir un centre commercial, pas vrai ?

– Oui, confirma Ashley, étonnée. Des contrats de bail ont déjà été signés.

– Laisse-moi deviner : une supérette ? ajouta Jolène, avec un regard noir à Ware.

– Bravo. Et un pressing. Et aussi un bar à ongles, je crois.

– Génial, s'exclama Jolène en levant les mains au ciel. Des rats, des mégots de cigarettes, les produits toxiques de la blanchisserie, et va savoir ce qu'ils font avec toutes ces rognures d'ongles. Vraiment génial.

Elle quitta le terrain rageusement. Ware et Ashley la regardèrent monter jusqu'à son appartement. L'escalier tremblait sous chacun de ses pas. Même une fois qu'elle eut claqué la porte et après le départ d'Ashley, Ware demeura enraciné, les yeux rivés à l'endroit où Jolène avait disparu.

Un petit mouvement à une fenêtre attira son attention. Il reconnut les mains de Jolène malgré la distance. Elles scotchaient un sac en plastique sur la vitre.

Ware grimpa sur le clocher et contempla le miroir pâle des douves. Où qu'il se tourne, il voyait son reflet dans l'eau trop franche : celui d'un garçon qui avait essayé d'être un héros et qui avait échoué.

Il quitta les douves des yeux et observa son royaume pour la dernière fois. Partout, il ne vit que de l'injustice.

Mais ensuite, il examina la question sous un autre angle.

# 70

Quand Ware arriva à la maison, il trouva ses parents attablés dans la cuisine, en train d'admirer leur acte de propriété.

– Je sais ce que je veux, annonça-t-il.

Sa mère leva les yeux.

– Hum ?

– Comme compensation, pour cet été.

– Ah, d'accord, dit son père en ouvrant son portefeuille. Vas-y, dis.

– Le jardin.

– Quel jardin ?

Ware désigna la porte qui donnait sur l'arrière de la maison.

– Le jardin. Et la remise. Je veux qu'ils m'appartiennent.

Son père s'esclaffa, mais sa mère posa une main sur son épaule et secoua la tête.

– Cyrus m'avait avertie que tu ferais peut-être cette demande. Bien sûr, tu peux l'avoir. Quelque chose me dit que tu vas le transformer en un lieu extraordinaire.

Ware sortit et demeura debout sur le seuil. Le jardin demeurait exactement tel qu'il avait été durant tout l'été : une terre en friche. Mais il lui semblait également tout différent, frémissant d'espoir et d'excitation. Encore une fois, la vraie vie s'amusait à brouiller sa perception des choses.

Il rentra dans la maison, prit le téléphone et composa un numéro.

– Ça te manque, de creuser ? demanda-t-il quand Ashley décrocha.

– C'est bizarre, répondit-elle, mais je crois bien que oui ?

# 71

Ware demeura un instant sur le seuil de la maison de quartier. Il pouvait endurer cette dernière journée. Cela lui permettrait de récupérer la trousse de premiers secours de son père.

Le plus dur serait de dire ensuite adieu au terrain, mais il pouvait également l'endurer, parce que ensuite il pourrait raconter à Jolène ce qu'il avait fait.

Il leva le menton, gonfla la poitrine et ouvrit résolument la porte.

Mais à l'intérieur, cinquante enfants couraient et braillaient, et son âme se racornit tout au fond de sa poitrine. Finalement, il allait plutôt passer la journée à flotter sur les douves. Ou allongé sous les palmiers, à regarder les nuages.

Il se glissa discrètement jusqu'aux casiers, prit la trousse de premiers secours et se hâta de regagner la sortie.

Mme Sanchez l'intercepta avant qu'il ne parvienne à s'enfuir :

– J'espérais te voir. Tu t'appelles Ware, c'est bien ça ?

– Euh… nous… finalement, je n'ai pas eu besoin…

Mme Sanchez balaya ses excuses de la main.

– Ça arrive. Je voulais te parler de cette vidéo que tu as faite. Très réussie.

– Ah. Merci. Mais ça n'a pas fonctionné. Vous n'aurez pas le terrain pour faire un jardin.

Elle haussa les épaules.

– Non, et c'est bien dommage. Mais ça m'a donné une idée. (Elle n'avait plus l'air aussi fatiguée, tout à coup.) Nous possédons un grand écran qui est utilisé pour faire des soirées cinéma une fois par mois. Je me suis dit : quel gâchis, alors que nous avons là un jeune homme qui sait se débrouiller avec une caméra. Que dirais-tu de fonder un club de vidéastes ?

– Moi ? Mais… je ne suis pas un professionnel, ni rien !

– Tu sais ce que signifie le mot « amateur », Ware ?

Il secoua la tête.

– C'est quelqu'un qui fait de l'art ou du sport sans être

professionnel, justement, mais à l'origine, ça désigne une personne qui aime quelque chose. Et je crois que c'est exactement ce qu'il nous faudrait. Je pourrais essayer de trouver quelques caméscopes d'occasion, et tous les enfants intéressés pourraient apprendre sur le tas avec toi.

L'âme de Ware sortit un peu de sa coquille.

– C'est vrai, on pourrait faire ça ? Ça me plairait bien.

À ce moment-là, une balle en mousse le heurta à l'épaule. Il la ramassa et regarda dans la pièce.

Comme le premier jour, il vit un grand espace rempli d'enfants, certains rassemblés en bandes, d'autres en petits groupes, quelques-uns seuls. L'extérieur faisait partie de l'intérieur, quand il s'agissait de gens.

Il ignorait qui aurait envie de s'inscrire à un club de vidéastes. Mais il savait par qui commencer.

– Hé, Ben ! cria-t-il au garçon au long cou, occupé à peindre sur un chevalet.

Il lança la balle. Ben la rattrapa et s'approcha.

– Tu aimes le cinéma ? demanda Ware.

# 72

– Cent quarante plantes en pot ! Qui peut faire une chose pareille ? Quelqu'un de vraiment tordu, voilà qui. Probablement le type de la banque, avec son costume. Et le compost ! Ça, c'est le pire ! Tout ce travail qu'ont fait les vers, et moi !

Ware aurait voulu avoir sa caméra. Cela faisait cinq bonnes minutes que Jolène crachait feux et flammes, et il aurait aimé filmer chaque seconde. Même maintenant qu'elle commençait à se calmer, la puissance de son indignation donnait envie de l'applaudir à deux mains.

Bien sûr, elle ignorait ce qui s'était passé.

– Jolène, ce n'est pas…

– Non, en fait, le pire, c'est le caddie de Mme Stavros.

Elle m'a fait confiance, et maintenant il faut que je lui avoue qu'à cause de moi, il a été volé !

Ware présenta ses deux paumes, comme un policier qui tenterait d'arrêter quelqu'un.

– Stop ! Écoute-moi !

– Non ! Je n'ai pas envie que tu me racontes une histoire à dormir debout du monde des Bisounours. Parce que ici, dans la vraie vie, des trucs moches arrivent. Les gens vous volent des caddies, et du compost, et des arbustes.

Ware comprit que Jolène n'était pas près de s'arrêter de tempêter. Et de toute façon, il ne voulait pas lui dire ce qu'il avait fait. Finalement, il voulait qu'elle le voie de ses propres yeux.

– D'accord, je ne te raconte pas d'histoire. Suis-moi.

– Où ?

– Viens, c'est tout.

– Pourquoi ?

– Parce que c'est comme ça. Pour une fois, c'est toi qui vas me suivre.

Jolène refusa de marcher à ses côtés. Pendant toute l'heure qu'il leur fallut pour faire le trajet à pied, il l'entendit rager derrière lui. Lorsqu'ils arrivèrent enfin chez lui, il n'était plus aussi certain d'avoir pris la bonne décision.

Jolène le rattrapa.

– Tu habites ici ?

– Oui. Mais ce n'est pas ce…

– Dans cette maison ? Elle vous appartient ? En entier ?

– Euh, oui, depuis la semaine dernière. Mais…

– Personne ne pourra jamais vous chasser, alors ? Tu en as, de la chance.

Ware regarda la bâtisse comme si c'était la première fois qu'il la voyait. Une maison entière. Il l'examina depuis la marche du perron, d'où il avait sauté pendant des heures à l'âge de cinq ans, jusqu'à sa chambre sous le toit avec le vasistas au-dessus de son lit qui encadrait parfaitement la Grande Ourse chaque année en janvier (une chambre qu'il allait devoir prêter la semaine prochaine, mais qu'il récupérerait un ou deux mois plus tard). Et tout ce qu'il y avait entre les deux.

– Tu as raison, j'ai de la chance. Mais…

– Super. Eh bien, merci de m'avoir montré à quel point tu es veinard. Maintenant, je retourne dire à Mme Stavros que j'ai perdu son caddie.

Elle tourna les talons. Ware faillit l'attraper par la main pour l'arrêter, mais il se retint à la dernière seconde et enfonça ses poings dans ses poches.

– C'est moi qui l'ai pris, Jolène. C'est ça, que j'essayais de te dire. Le caddie. Il est ici.

– Ben voyons.

Néanmoins, elle le suivit dans le jardin.

Pendant dix longues secondes, elle demeura totalement figée, comme dans un film sur «pause». Et puis elle tomba à genoux devant les boîtes de ChipNutz et passa les doigts sur les papayers les plus proches, avec l'air d'avoir envie de les embrasser un par un.

– Ils sont tous là ? Les cent quarante pots ?

– Les cent quarante pots.

Elle courut vers les piles de compost, puis se tourna vers lui.

– Ashley m'a aidé, expliqua-t-il. Et tes outils sont dans la remise.

– Tout ça… ?

Ware la rejoignit.

– C'est à toi. Je sais qu'il va falloir que tu recommences à zéro, mais je t'aiderai.

– À moi ?

– Mes parents m'ont donné le jardin, et moi, je te le donne.

Elle désigna le chevalet.

– *La vraie vie* ? lut-elle à voix haute en haussant les sourcils.

– Parce que tu as raison. Les trucs moches arrivent.

Mais la vraie vie, c'est aussi tout ce qu'on fait dans ces cas-là. Nous aussi, nous faisons partie de la vraie vie.

Jolène ôta ses lunettes. Et dans ses yeux, Ware vit son reflet. Celui d'un garçon qui était peut-être un petit peu un véritable héros.

# 73

Quand Ware entendit la voiture arriver à 5 heures, il leva un pouce pour rassurer Jolène. Il avait tout prévu. Quelques secondes plus tard, sa mère sortit par la porte de la cuisine.

– Fini les heures supplémentaires ! s'exclama-t-elle en levant théâtralement les bras au ciel.

Puis elle regarda autour d'elle.

– C'est quoi, tout ça ?

– Vous m'avez donné le jardin, lui rappela Ware.

– Bien sûr. Mais je ne m'attendais pas…

Ware l'interrompit en se lançant dans le discours qu'il avait préparé :

– Des papayers ! Jolène dit qu'on pourra manger autant de fruits qu'on voudra.

Sa mère sembla remarquer Jolène pour la première fois. Un sourire naquit sur ses lèvres.

– Jolène ?

– L'amie que je me suis faite cet été. Alors, les papayes sont à la fois bonnes pour le petit déjeuner, le déjeuner ou le dîner.

Le sourire de sa mère s'élargit.

– Ton amie. Comme c'est charmant. Ton amie du centre de loisirs.

Trop tard, Ware se rendit compte qu'en réalité il n'avait pas tout prévu. Il avait oublié un détail crucial. Il essaya de faire des signes à Jolène, mais elle avait lâché sa bêche et s'essuyait les mains.

– Non, madame, répondit-elle d'une voix douce et polie. J'ai rencontré Ware sur le terrain vague.

– Les papayes, intervint Ware, sont excellentes en smoothie !

– Le terrain vague ? répéta sa mère, ignorant sa diversion.

– Oui, madame. Quand il a arrêté d'aller au centre de loisirs.

– Elles sont pleines de vitamines ! insista Ware en s'interposant entre elles. Des vitamines, maman !

Sa mère se décala pour mieux voir Jolène.

– Pardon ? Quand il a… arrêté d'aller au centre ?

– Oui, confirma Jolène, désormais un peu nerveuse. Vous savez, quand on a construit les douves ? Vous savez bien, madame.

– Les douves ? Je sais ?

La mère de Ware se pinça l'arête du nez et leva son autre main comme pour demander au monde de ralentir :

– Viens à l'intérieur, Ware. Il faut qu'on ait une petite conversation.

Puis elle disparut en secouant la tête.

Ware et Jolène coururent vers la table de pique-nique. Les barres transversales les gênaient, mais *Sous la Table* restait un bon endroit pour une réunion stratégique.

– Tu m'as dit qu'ils étaient d'accord, souffla Jolène. Tu m'as dit que tout ce qu'ils voulaient, c'était que tu ne sois pas seul et que tu aies une occupation. Tu m'as dit que ça leur était égal !

– Je voulais dire que ça leur *aurait été* égal. S'ils avaient été au courant, ils s'en seraient moqués.

– Eh bien, information supplémentaire : ta mère ne s'en moque pas !

# 74

– Il me semble qu'il faut que tu me racontes ton été. Apparemment, j'ai raté quelque chose.

La mère de Ware tambourinait sur la table avec ses doigts. Contre toute attente, sa voix était calme, mais dangereusement aiguë.

– Oui, d'accord. Alors, euh, mon été…

Ware prit le prospectus du centre de loisirs sur la porte du frigidaire et le consulta :

– J'ai eu des « Opportunités Nouvelles » et j'ai développé mes « Compétences Personnelles ». J'ai fabriqué un vitrail. J'ai appris à jardiner et j'ai construit des douves. Si tu voyais tous les oiseaux qui sont venus ! J'ai arrêté d'aller au centre. J'ai passé un super été !

– Répète un peu ?

– J'ai dit que j'avais passé un super été.

– Non, juste avant, dit sa mère en enroulant sa main autour de son oreille. Tu as cessé d'aller au centre de loisirs ?

– Oui, d'accord, mais j'ai vécu toutes ces expériences à la place du centre de loisirs. Et j'ai réellement passé un super été. J'ai fait une vidéo avec la caméra de Cy. Et la vidéo a…

– Tu n'y es pas allé une seule fois ? Tous les matins, pendant tout l'été, je t'ai déposé là-bas, et toi… tu n'es jamais entré ?

– Si, bien sûr que si. Deux ou trois jours. Au début. Et à la fin, je leur ai apporté la vidéo. C'est ce que j'essaie de te…

– Ça m'a coûté plus de cinq cents dollars, et tu n'en as pas profité ?

– Je t'avais proposé de te payer ! Le double, tu te rappelles ? Tu aurais gagné de l'argent !

Elle ne pouvait pas contester ce point, mais il était visible qu'elle préparait une nouvelle attaque. Il profita de l'avantage pris :

– J'ai eu des « Relations Sociales Enrichissantes », comme tu voulais. Avec d'autres enfants, et avec Walter, et…

– Qui est Walter ?

– Alors…

Il n'aurait pas dû mentionner le barman.

– Il te plairait. Il écoute les gens et les aide à résoudre leurs problèmes. Et maintenant, enchaîna-t-il en poussant le prospectus sur la table, Mme Sanchez m'a proposé de…

– Je ne crois pas connaître un assistant social appelé Walter. Où exerce-t-il ?

Oh, pourquoi avait-il lâché ce nom ?

– Euh, près du centre de loisirs. Mais écoute le meilleur : je vais retourner dans la maison de quartier. Mme Sanchez m'a invité. Et, cette fois, tu n'auras rien à payer !

Cette affirmation eut le mérite de faire oublier le barman à sa mère.

– Ah bon ? Pourquoi donc ?

Ware lui parla du club de vidéastes amateurs. Quand il eut terminé, il écarta les bras.

– C'est mon maximum, maman. J'essaie vraiment d'être normal, mais c'est le mieux que je puisse faire.

– Comment ça, tu essaies d'être normal ?

– Je sais que tu regrettes de ne pas avoir un enfant normal, expliqua-t-il, en sentant un picotement inquiétant derrière ses paupières. Je t'ai entendue.

– Je ne dirais jamais une chose pareille !

– Tu l'as dit, pourtant. Le premier jour où je suis allé au centre. Quand tu as raconté à papa que j'avais proposé de te payer pour ne pas y aller. Et tu as dit que j'étais asocial.

– Quoi ? Non. Tu as dû mal entendre.

– Non. Tu as lancé à papa : « On ne pourrait pas avoir un enfant normal ? »

Les yeux de sa mère se remplirent de larmes.

– Vraiment ? J'étais tellement stressée. Avec l'accident de ta grand-mère, et toutes ces heures sup... Mais ce n'est pas une excuse. Je n'aurais jamais dû dire ça. Je ne le pensais pas, et je suis désolée que tu m'aies entendue.

Elle s'essuya les yeux et se laissa aller contre le dossier.

– Dire que pendant tout ce temps, j'ai tenté de te protéger contre le chagrin – je sais, je sais, j'en ai trop fait – et que finalement c'est moi qui...

Elle se leva et l'enveloppa de ses bras. Le soulagement envahit Ware.

– Je n'ai jamais voulu que ton bonheur, soupira-t-elle.

Il se dégagea de son étreinte.

– Mais je ne suis pas toi, maman. Parfois, je suis heureux de faire des trucs tout seul. Cy dit que ça vaut aussi pour lui. D'après lui, c'est normal d'être comme ça... pour un artiste.

– Cyrus a tenté de me le dire. Je crois que j'ai tenté de ne pas l'écouter.

Elle ramassa la brochure du centre de loisirs, la déchira et jeta les morceaux à la poubelle.

Juste à ce moment-là, le père de Ware franchit la porte. Le garçon posa son menton sur ses poings et écouta sa mère lui raconter ce qu'elle venait d'apprendre.

– Dis-moi si j'ai bien compris, résuma son père quand il eut entendu toute l'histoire. Tu as demandé le jardin juste pour le donner aussitôt à quelqu'un d'autre ?

Ware le regarda. Son père avait de nouveau son expression perplexe habituelle. Le garçon baissa la tête et acquiesça.

– Ta grande récompense pour cet été, celle à laquelle ta mère disait que tu semblais attacher tant d'importance, tu l'as refilée à ton amie ?

Le cœur de Ware se serra. Il écarta les mains en signe d'excuse.

– Jolène en avait davantage besoin que moi.

Son père passa un bras autour des épaules de son fils et l'étreignit.

– Ça, c'est de l'esprit d'équipe. Je suis si fier de toi !

Sa mère se leva.

– Montre-nous un peu cette vidéo qui a tant attiré l'attention.

Ware s'assit entre ses parents et fit démarrer son petit film. Pendant toute sa durée, six minutes et trois secondes, il les observa tous les deux. Pendant six minutes et trois secondes, ils ne quittèrent pas une fois l'écran des yeux.

À la fin, sa mère garda le silence pendant un long moment.

– Je pense que Cyrus a raison.

– Tu crois que je suis un artiste ? demanda Ware, plein d'espoir.

– Oh, ça, c'est évident. Mais je voulais dire qu'il a raison : nous avons de la chance.

Tard ce soir-là, après être allé manger une pizza avec ses parents et avoir acheté des milliers de choses pour la rentrée (dont un jean et un T-shirt noirs, mais pas de piercing), Ware demeura allongé dans son lit à fixer les volutes que le plâtre dessinait sur le plafond. Ce soir-là, on aurait dit des sourires sur des sourires parmi des sourires.

# 75

Jolène prit l'habitude d'emprunter le bus de 15 h 45 jusqu'à la maison de Ware tous les jours après la classe, en apportant un sac-poubelle rempli de fruits et légumes défraîchis de l'épicerie grecque, avant de rentrer par le bus de 17 h 10.

Un jour, elle resta un peu plus longtemps que d'habitude. Ils étaient dans la cuisine en train de boire une citronnade quand la mère de Ware surgit.

– J'ai remarqué qu'il y avait un tas de déchets derrière la maison, dit-elle d'entrée de jeu.

– On va le déplacer derrière la remise, se hâta de la rassurer Ware. Ou le recouvrir.

Sa mère lui adressa un regard étonné avant de sourire à Jolène.

– À partir de maintenant, nous garderons nos épluchures pour ton compost. Je les laisserai dans un seau près de la porte.

– Vos épluchures ? Vous me donnerez vos épluchures ? s'extasia Jolène, sur le ton qu'aurait pris une personne ordinaire pour dire : «Votre or, vous me donnerez votre or ?» Merci, madame, merci beaucoup !

Elle répéta ses remerciements une douzaine de fois, jusqu'à ce que Ware se dirige vers la porte et fasse un signe de tête impérieux vers le jardin qui les attendait. Mais sa mère avait autre chose à dire :

– Tu sais, des gens apportent parfois de la nourriture à la banque alimentaire. Il arrive qu'elle soit périmée et qu'on doive la jeter. À partir de maintenant, je la rapporterai, pour l'ajouter au tas.

Jolène sembla sur le point de tomber à genoux pour exprimer sa reconnaissance.

– Il faut qu'on retourne travailler, lança Ware.

Mais sa mère n'avait toujours pas terminé. Elle ouvrit un tiroir et en sortit un planning annuel tout neuf qu'elle avait acheté pour Ware. Tous les matins, elle le laissait près de son sac à dos, et tous les matins, il le remettait dans le tiroir. Il gémit :

– Maman, Jolène n'a pas besoin…

Sa mère lui fit signe de ne pas s'en mêler et montra le document à Jolène.

– Regarde ce calendrier. On pourrait y marquer les dates de plantation, de récolte, tout ça. Il y a aussi un emplacement pour tes notes et un tableau de calculs à l'arrière. Ça nous permettra de compter combien tu gagnes par kilo, tes profits, tes dépenses.

Ware essaya de croiser le regard de Jolène pour mimer qu'elle pouvait jeter le planning, mais Jolène le prit avec autant de révérence que s'il avait été cousu en ailes de papillons.

– *Nous* ? répéta-t-elle. Vous allez m'aider ? Et je peux garder ça ?

Et Ware se rendit tout à coup compte que son souhait d'avoir une sœur venait d'être exaucé. En partie, du moins.

À ce moment-là, le père de Ware passa la tête par la porte du salon et énuméra avec un sourire plein d'orgueil les miracles que sa femme venait de réaliser :

– Du compost, un planning et de l'aide pour la comptabilité. Un vrai coup du chapeau, comme on dit dans le jargon !

Jolène se tourna brusquement vers lui, le calendrier serré sur son cœur.

– Vous aimez le hockey ? s'exclama-t-elle en haletant d'excitation.

Le père de Ware se frotta les mains.

– La saison commence dans trois semaines. Je te réserve une place sur le canapé ?

# 76

Jolène ne modifia pas le message sur le panneau d'affichage, même quand Ware lui montra le sac de lettres dans la remise. Il l'autorisa également à se débarrasser de la table de pique-nique pour faire plus de place aux plantes, mais elle la conserva. Ils s'accroupissaient *Sous la Table*, leurs genoux se frôlant, chaque fois qu'ils avaient quelque chose d'important à se dire.

– Walter vient de recevoir sa facture, annonça Jolène un jour. Apparemment, l'eau n'est pas gratuite.

– Alors... il faut qu'on le rembourse ?

Jolène rit, ce qu'elle faisait désormais si souvent que Ware commençait à s'y habituer.

– Il m'a dit que je devrai écraser ses cartons à recycler

pour le restant de mes jours. Et que toi aussi, tu devras m'aider !

Il fallut à Ware une semaine supplémentaire pour trouver le courage de lui poser la question essentielle :

– Est-ce que le terrain a été entièrement rasé ?

Il entoura ses genoux de ses bras, se préparant au pire.

– Non. Les ouvriers ont commencé à travailler sur le devant pendant un jour ou deux, mais la police est intervenue pour tout arrêter.

Ware se redressa si vite qu'il se cogna la tête.

– La police ? Pourquoi ?

– À cause de Clin d'Œil.

– Messire Clin d'Œil ? La tortue ?

– Oui, oui. À ce qu'il paraît, Clin d'Œil est une « tortue gaufrée ».

– Et alors ?

– Alors, Ashley a montré ta vidéo à la société Audubon, tu sais, ceux qui veulent protéger les oiseaux et les autres animaux, et l'une des membres a sauté en l'air quand elle a vu Clin d'Œil et a crié : « Holà, holà, attendez une minute, c'est une tortue gaufrée ! » L'avantage, c'est que ces animaux figurent sur une liste d'espèces en voie de disparition.

– En quoi est-ce un avantage ?

– Pas pour Clin d'Œil, bien sûr, mais ça veut dire qu'il a fallu arrêter les travaux jusqu'à ce qu'un spécialiste de la faune sauvage puisse venir. Le type au bulldozer n'était pas content.

– Waouh ! Du coup… peut-être que le terrain deviendra un refuge. Si ça se trouve, la maison de quartier pourra en utiliser une parcelle.

Il allait rebaptiser sa vidéo *Sauvé par la tortue*. Et il…

– Non. On est toujours dans la vraie vie, tu te rappelles ? Ça a pris un moment de faire venir quelqu'un. Les spécialistes de la faune sauvage sont très occupés, il faut croire. En tout cas, Clin d'Œil va être «relocalisé» la semaine prochaine. Ensuite, ils vont chercher son terrier et le protéger, parce qu'il y a des centaines d'autres espèces qui nichent dans des terriers de tortues gaufrées. Il faudra encore un certain temps. Bien sûr, ça ne sauvera pas le terrain vague. Il finira par être rasé. Mais n'empêche.

N'empêche. Cy avait eu raison. On ne savait jamais qui regarderait une vidéo qu'on avait tournée ni ce que ça donnerait ensuite.

– Il paraît qu'une des membres de la société Audubon a reconnu Clin d'Œil, dit Ware à Ashley au téléphone. Est-ce que quelqu'un a fait un autre commentaire sur la vidéo ?

– Ce qu'elles ont préféré, ce sont les passages avec des oiseaux, évidemment. Elles ont adoré les perruches dans les palmiers…

– Mais au sujet de la vidéo elle-même ? Autre chose ?

– Non, désolée. Il y a juste Mme Watson qui a dit une bonne dizaine de fois : « Décidément, ce garçon aime beaucoup les mains de cette jeune fille ! », ce qui a fait rire tout le monde.

– D'accord. Tant pis. Parle-moi de la femme qui a reconnu Clin d'Œil. En détail.

– Alors, euh… elle est vraiment vieille ? Je ne l'avais jamais vue se lever comme ça. Elle a sauté du canapé comme un ressort. On était toutes un peu inquiètes.

– Non, répète-moi tout ce qu'elle a dit à mon sujet !

– Ah. Elle avait du mal à croire que tu n'avais que onze ans.

– J'ai onze ans et demi. Non, attends… onze ans trois quarts.

– Elle n'arrêtait pas de répéter : « Il n'a que onze ans ? Ce garçon ira loin ! »

– Onze ans trois quarts. Elle a dit où ? Où est-ce que j'irai ?

Pendant une seconde, Ware s'imagina qu'Ashley allait réciter une liste de lieux exotiques – le Maroc, Hong Kong,

Calcutta. Parce que les enfants comme lui devenaient un jour des cinéastes comme son oncle.

– Non. Juste «loin». Elle répétait : «Ce garçon ira loin. Et dire qu'il n'a que onze ans!»

– Onze ans trois quarts, soupira Ware.

Puis il dicta son numéro de téléphone à Ashley.

– Si elles ont dit autre chose et que ça te revient, appelle-moi. Tu peux me téléphoner quand tu veux.

– Hum... je crois que j'ai déjà pensé à tout?

– On ne sait jamais. Quand tu veux.

# 77

Deux mois plus tard, un dimanche après-midi, alors que toute sa famille s'était rassemblée pour fêter l'anniversaire de Grand Manitou, Ashley le rappela enfin.

– Les grues sont en route ! annonça-t-elle, si excitée qu'elle en oublia de prononcer sa phrase comme une question. Allons sur le terrain pour les voir !

Hum… OUI ?!

Ware se précipita dans le salon.

– Rendez-vous sur le terrain vague à 7 heures. J'ai une surprise pour vous.

– J'apporterai ma caméra, décida son oncle.

– La petite rôdeuse sera là ? demanda Grand Manitou avec un clin d'œil.

Incroyable. Sa propre grand-mère.

– Je vais la chercher tout de suite, répondit-il avant d'aller prendre son vélo.

Il s'arrêta devant le bar Grotto, hors d'haleine. Il n'aurait rien eu contre un petit verre «comme d'habitude» ou même deux, mais il grimpa immédiatement les marches de l'appartement de Jolène et frappa à la porte.

En haut des marches, il reprit son souffle en contemplant le terrain en bas. Les douves n'étaient plus qu'à moitié pleines, et l'eau avait pris une teinte verte suspecte, mais elles reluisaient joyeusement.

Vendredi, Jolène lui avait annoncé que le terrier de Clin d'Œil était désormais protégé. Les bulldozers revenaient lundi pour terminer leur travail.

Lundi. Le lendemain. Demain, ils détruiraient les murs, videraient l'eau, racleraient la terre jusqu'à l'os.

Cette pensée lui fit mal au ventre. Il fut content d'entendre des pas qui s'approchaient à l'intérieur.

La femme qui ouvrit la porte avait les cheveux les plus jaunes qu'il ait jamais vus. Ils entouraient sa tête comme une couronne, mais étaient noirs au centre.

Plusieurs détails prirent enfin un sens – désolant. Il se rappela l'air inquiet de Walter quand il avait passé en revue les box du bar, ou la manière dont le barman avait envoyé Jolène dans l'arrière-boutique. Il se souvint de ce que Jolène avait dit sur sa tante. Il revit son visage qui s'était durci quand il avait plaisanté sur le «Tournesol» probablement ivre.

Ware se sentit rougir violemment. Tant de cruauté involontaire. Tant d'offense gratuite.

Jolène arriva dans le couloir. Elle passa près de Ware avec une glissade et s'arrêta sur le seuil éclairé par les ampoules fluorescentes du flamant rose éternellement assoiffé.

– Je suis désolé, murmura Ware.

– Je sais, soupira-t-elle. Moi aussi.

# 78

– En franchissant le pont-levis, ils ressemblaient à des saints, commenta Ware en voix off tout en filmant.

Ce n'était pas seulement l'un de ses délires. Les visiteurs ressemblaient réellement à des saints. D'abord parce qu'une caméra révèle combien les personnes sont extraordinaires même quand elles ont l'air banales. Et aussi parce que le lampadaire de la rue formait des halos semblables à des auréoles autour de leurs têtes. Les quelques bâtons fluorescents que Ware avait pris dans la camionnette de son père et qui bordaient le chemin comme une piste de décollage éclairaient également les nouveaux venus par en dessous d'une lueur mystérieuse.

Ashley était arrivée la première, avec son père et huit femmes, membres d'Audubon. Ware la filma en train d'aider la plus âgée à s'installer sur les bancs de l'église avec autant de précautions que si la vieille dame était un oiselet qu'elle déposait dans son nid. C'était elle qui avait reconnu Clin d'Œil. Il baissa son caméscope et alla se présenter.

– J'ai presque douze ans, annonça-t-il. Très bientôt douze ans.

Ensuite vint sa famille. Ses parents tenaient Grand Manitou par le coude, même si elle n'arrêtait pas de repousser leurs mains. Cy la suivait, les bras tendus pour la rattraper au cas où elle tomberait. À la lueur des lampadaires et des bâtons lumineux, eux aussi semblaient rayonner de l'intérieur.

La mère de Ware s'arrêta devant les protectrices des oiseaux en se faufilant entre les bancs.

– Vous avez vu la vidéo ? C'est mon fils qui l'a tournée. Mon fils, Ware. Je suis sa mère, dit-elle à chacune d'entre elles.

La première fois que Ware l'entendit, il faillit tomber à la renverse dans les douves. Après la deuxième fois, il la visa avec sa caméra, pour préserver cet événement extraordinaire. Mais quand elle le répéta une troisième fois, il baissa l'appareil, car en fait, il ne voulait aucun obstacle entre lui et le visage rayonnant de fierté de sa mère.

Quand elle s'assit près de Grand Manitou, il reprit son appareil et fit un panoramique jusqu'à Jolène. Elle était allée dire adieu à son verger et avait trouvé un fruit mûr, qu'elle avait cueilli et enveloppé dans son sweat comme un bébé. Quand elle passa sur le pont-levis avec le bébé fruit dans les bras, il réalisa combien elle était extraordinaire, elle aussi. Il n'y en avait pas deux comme elle.

Il l'arrêta lorsqu'elle arriva à sa hauteur :

– Tu veux aller chercher ta tante ?

– Non, répondit Jolène en secouant la tête et en montrant l'allée. Ma famille est là.

Elle déposa la papaye sur le rebord de la cuve baptismale et courut pour prendre la carafe de jus de fruits qu'apportait Mme Stavros et l'aider à franchir le pont-levis.

Ware alla chercher des gobelets de la Cène et les distribua. Après avoir allumé des cierges sur les bougeoirs des bancs, il filma Mme Stavros qui défilait avec sa cruche le long de la rangée, ainsi que les gens qui se présentaient en remplissant leurs verres minuscules. Son vitrail changeait le reflet des flammes en étincelles précieuses et multicolores.

Ware suspendit son caméscope à son cou et rejoignit Jolène au bout de la rangée.

– Pourquoi tu ne m'as jamais autorisé à aller à l'épicerie grecque avec toi ?

Jolène leva les yeux sur la clôture qui la séparait du magasin.

– Elle me le laissera, quand elle retournera en Grèce.

– C'est super. Mais pourquoi refusais-tu que je t'accompagne ?

Jolène regarda Mme Stavros, qui remplissait le gobelet de Cy, puis baissa la tête.

– Parce que c'est ma sainte, à moi. Je craignais de la perdre.

– De la perdre ?

– Je suis la personne qu'elle aime le plus au monde. Personne d'autre ne m'aime autant qu'elle. J'avais peur que, si elle faisait ta connaissance, elle finisse par te préférer à moi.

Ware demeura un instant immobile, cherchant les mots pour lui promettre qu'il n'aurait jamais laissé arriver une chose pareille. Avant qu'il parvienne à les trouver, le téléphone d'Ashley bourdonna. Elle consulta l'écran et leva la main.

– Elles viennent de survoler le lac de Tuscawilla. Elles seront ici dans dix minutes.

À ce moment-là, Walter arriva d'un pas rapide, muni d'une lampe de poche et d'une boîte de ChipNutz. Ware ralluma le caméscope. À travers l'objectif, le barman ressemblait à un saint, lui aussi – cela dit, il ressemblait tout le temps à un saint.

Walter déposa un baiser sur la tête de Jolène et tapota sur l'épaule de Ware.

– Ça y est, mon grand, tu as une histoire, maintenant, affirma-t-il.

Ashley leva à nouveau le bras.

– Deux minutes.

La petite foule se tut.

Ware croisa les mains sur ses genoux et leva les yeux. Derrière les nuages, dans le ciel violet foncé, la lune montante était presque pleine. Cela lui rappela un crépuscule au début de l'été, qu'il avait contemplé du fond d'une piscine, et pendant lequel il avait admiré un oiseau traversant le ciel en regrettant de ne pas pouvoir partager ses impressions avec quelqu'un.

Avant même de les voir, ils entendirent les grues claironner leurs cris préhistoriques.

Ware pointa la caméra vers le nord et, tout à coup, elles furent là – cent, deux cents, mille, et plus encore. Une vague après l'autre, se découpant contre le ciel comme des hiéroglyphes vivants. L'air pulsait du battement de leurs ailes. Les trois palmiers frémissants haussèrent leur feuillage pour chanter leurs louanges.

Ware se leva. Il quitta le banc et partit vers la porte arrière, sans cesser de filmer. Il descendit l'objectif vers les douves en un panoramique vertical, et juste à ce moment-là, la lune émergea des nuages et fit étinceler l'eau argentée, qui reflétait le vol des oiseaux.

Ainsi que Ware lui-même.

Et le garçon eut l'impression d'avoir grimpé en haut de la plus grande des tours de guet, car soudain, il eut une véritable vue d'ensemble. Il vit que Walter avait raison : il avait une histoire, à présent. Mais ce n'était pas seulement son histoire. C'était l'histoire des grues, et l'histoire de ce terrain, et l'histoire de Jolène aussi, et l'histoire d'Ashley, et l'histoire de tous ceux qui s'étaient rassemblés ici ce soir, parce que toutes leurs histoires ne faisaient qu'une.

Tout à coup, Jolène surgit près de lui. Sans réfléchir, Ware tendit sa main libre et saisit la sienne. Il retint son souffle.

Jolène referma ses doigts et serra. Et puis elle dit pile ce qu'il était en train de penser :

– Voilà, maintenant cet endroit est sacré.

Ware lui serra la main à son tour. Il filma les dernières

grues. Il savait ce que ressentaient ces oiseaux en rentrant chez eux à grands battements d'ailes, ainsi qu'ils l'avaient fait pendant des millions d'années, en retournant vers un lieu qui leur permettait toujours d'atterrir en douceur. Il savait exactement ce qu'ils ressentaient, parce qu'à ce moment-là, il avait des ailes, lui aussi.

– Vous avez vu ça ? lança-t-il – non pas mentalement, ni en chuchotant, mais d'une voix que tout le monde entendit. Waouh !

Découvrez un autre roman
de Sara Pennypacker

PAX ET LE PETIT SOLDAT

Depuis que Peter a sauvé Pax, un bébé renard, l'animal est devenu son meilleur ami. Mais quand la guerre éclate, Peter est envoyé chez son grand-père et doit abandonner Pax dans la forêt. Dévoré par l'inquiétude, le garçon fugue. Il se lance sur les traces du jeune renard qui affronte pour la première fois les dangers d'une nature sauvage…
*Prix Sorcières 2018.*

Le papier de cet ouvrage est composé de fibres naturelles, renouvelables, recyclables et fabriquées à partir de bois provenant de forêts gérées durablement.

Mise en page : Françoise Pham

Loi n° 49-956 du 16 juillet 1949
sur les publications destinées à la jeunesse
ISBN : 978-2-07-515085-9
Numéro d'édition : 400749
Premier dépôt légal : mars 2021
Dépôt légal : juin 2021

Imprimé en Italie par Grafica Veneta S.p.A.

Le
Château
des
Papayes